小學閱讀理解一本通

梁美玉　著

新雅文化事業有限公司
www.sunya.com.hk

目錄

四、議論文

五、抒情文

文
六、文言文

作者的話

閱讀理解練習對小學生而言可說是一點不陌生，然而莘莘學子真的對閱讀理解掌握充分嗎？完成大量閱讀理解練習就能提升閱讀理解能力嗎？

現實情況是，部分小學生完成的閱讀理解篇章數目不少，效果卻事倍功半。對篇章的理解能力、解題和答題能力均有待提升。有見及此，《小學閱讀理解一本通》正是為系統地提升各種文體的閱讀理解能力而編寫的。

本書根據香港課程發展議會頒布《中國語文課程指引（小一至小六）》及《小學中國語文建議學習重點》編寫，旨在幫助小三至小六的學生認識各種文章體裁的特色、掌握閱讀理解的策略，通過實戰提升答題的技巧和能力。

本書特色如下：

全書涵蓋不同文章體裁的閱讀理解技巧，包括記敍、描寫、說明、議論、抒情以及文言文。並按文體概述、閱讀策略、答題技巧、實戰演練、綜合練習循序漸進地指導孩子提升閱讀理解的能力。本書可配合課本使用，也可作為自學和測考的温習筆記，冀望做到「一本在手，貫通無憂」。

梁美玉

記敘文

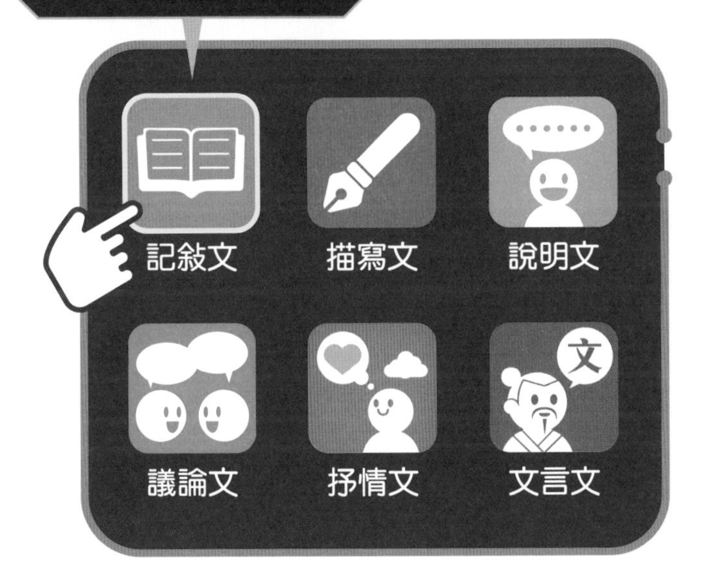

語文機械人：你們拿着兩大疊書本去哪兒啊？

今天是社區中心的舊書收集日，我們正把舊書拿去捐贈。

這些都是我們小時候看過的書。

語文機械人

《三隻小豬》、《小紅帽》、《灰姑娘》……全都是故事書。你們知道這些故事屬於哪一種體裁嗎？

體裁？我不知道啊！哥哥，你知道嗎？

我也不知道！

這些故事都屬於**記敍文**，讓我們一起來認識這種文章體裁吧！

認識記敍文

什麼是記敍文？

以敍述事件為主要內容的文章，並藉着記事來表達感情或體會。記敍文有特定的要素和寫作手法，閱讀時要分清記敍的要素和記敍手法，才能理順文章的條理。

一起來看看記敍文的必備知識點吧。

一、記敍六要素

記敍六要素，又叫六何法，包括：**時間**、**地點**、**人物**、**起因**、**經過**、**結果**。閱讀文章時，找出記敍六要素，能幫助我們準確理解事件。

1. 時間：何時
2. 地點：何地
3. 人物：何人
4. 起因：事件如何發生
5. 經過：事件如何發展
6. 結果：事件結果如何

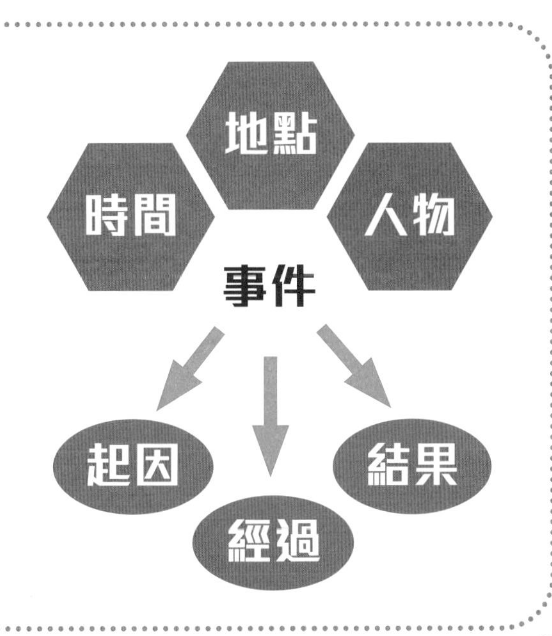

二、記敘的手法

記敘手法包括**順敘法**、**倒敘法**和**插敘法**。

❶ **順敘法**是按照時間的先後次序或事情的發展順序來記述事情，也包括按空間的轉移為記敘的「步移法」。

示例

敘事次序

- 按時間：上午 → 下午 → 晚上
- 按事情的發展：起因 → 經過 → 結果
- 按空間：地下大堂 → 一樓展覽館 → 二樓小劇場

❷ **倒敘法**是先寫出事件的結局或事件中最突出的片段，然後再從頭開始記述事件。

示例

敘事次序

結果／突出的片段 → 起因 → 經過 → 結果

以上的寫法也可稱為「**結果提前法**」和「**情景提前法**」，常見的倒敘手法還包括：

- **睹物回憶法**：因眼前物件引發回憶，然後把往事從頭說起。
- **情景回憶法**：因眼前情景引發回憶，然後把往事從頭說起。
- **抒情回憶法**：藉抒發情感引入回憶，然後把往事從頭說起。

❸ **插敘法**是在敍述的過程中，因應內容的需要，把對事件的敍述先暫停一下，插進相關的另一件或幾件事情，然後接着進行原先的敍述。

示例

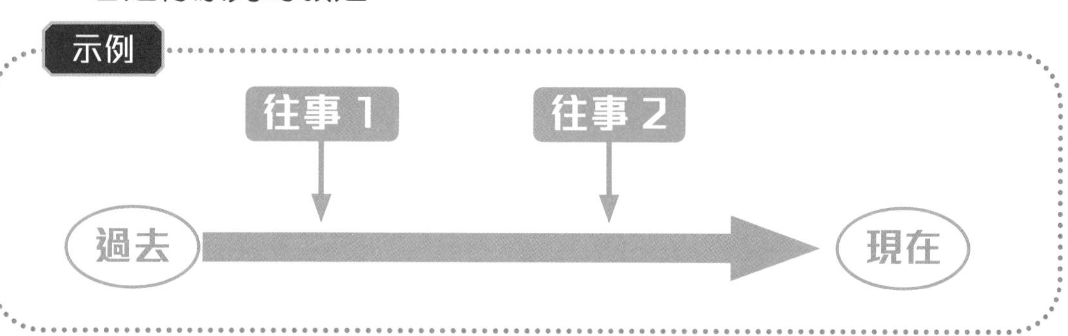

文章轉入插敘時，通常有常見的標示語句，如「回想起一年級開學那天」、「我的思緒不禁飄回去年暑假」、「媽媽曾對我說」。插敘之後，回到原來敍述的事件，常用的標示語句如「突然，一陣雨聲打斷了我的回憶，我的思緒返回現在」、「媽媽的話猶在耳邊，眼前的景象卻把我拉回現實」。

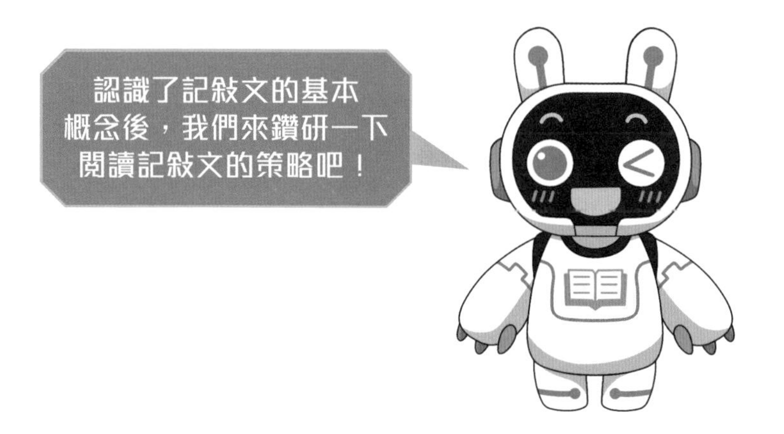

閱讀策略

一、理清內容層次

閱讀記敘文時，我們首先要理清整篇文章的內容層次。

❶ 理出事件

閱讀時理出文章所述的事件，一篇記敘文可以只敘述一件事，也可以同時敘述多件事。

例 1：**記一次難忘的經歷 ⟶ 只敘述一件事**

例 2：**難忘的一星期 ⟶ 同時敘述多件事**

❷ 過渡法

為了承接上下文，增強情節或事件的流暢和連貫，作者往往會運用過渡法，運用詞語、句子、段落等貫通上下文。常見的過渡法見以下示列：

- **時間過渡**：吃過午餐後……
- **空間過渡**：離開展覽館，我們走到兒童天地……
- **情感過渡**：正當我感到忐忑不安之際，她和藹可親地走來……
- **情況過渡**：怎料 / 最令人出乎意料的是……
- **提問語過渡**：為什麼今天爸爸整天都在家呢？（疑問）
難道她真的不會原諒我嗎？（反問）
咦，哪是誰的字？原來是外婆年輕時寫的。（設問）
- **引用過渡**：正所謂「大難不死，必有後福」……

3 起承轉合

起承轉合即事情的開端、發展、高潮和結局四部分。

起 是事情的**開端**，通常交代起因。

承 是事情的**發展**，就是進一步的鋪陳，把情節展現出來。

轉 是事情的轉折，當事情發展到某一程度，卻因某些因素改變原先的發展，帶來頓挫轉折的變化，也就是情節發展的**高潮**。

合 事情的**結局**，就是最後的結果，通常也帶出主角人物或作者的想法、感情，收獲或啟發。

4 詳寫、略寫

詳寫就是把表達中心思想的主要內容細致地寫出來；至於跟中心思想關係較小，但在整個文章的結構中起到過渡作用的事情，可以簡單地寫一下，就是**略寫**。

5 首尾呼應

有些文章的第一段和最後一段互相呼應，使文章的結構顯得緊密。首尾呼應的方式包括：

- 簡單的重複或內容意思相近的重複；
- 內容或語氣增強的重複；
- 開首提問，結尾回應；
- 以倒敘法通過回憶使首尾互相呼應。

⑥ 記敘線索

記敘的**線索**是指貫穿記敘內容的脈絡，有連綴全文的作用，可以人物、事件、物件、時間、空間為**線索**，或者以敘述者的思想感情變化為**線索**貫穿全文。

例 1：長大後從書櫃找出一本舊筆記→回想起上課時做筆記的情形→憶起考試前夕捧着筆記本手不釋卷的日子

以筆記為記敘線索

例 2：回鄉重遊舊地→回想起小時候在鄉間的生活→慨歎時光飛逝，故鄉也有了很大的變化

以故鄉為記敘線索

二、理清段意

① 找出關鍵詞和重點句

關鍵詞就是重點詞語，閱讀時找出每個段落的**關鍵詞**和**重點句**，有助準確地歸納段意。

例如：經過了這麼多年，我還時常憶起小時候住在外婆家那段無憂無慮的日子。

② 自然段與意義段

自然段是在文章中自然形成的段落，在文中另起一行空兩格開始的段落。**意義段**是依據整篇文章表達層次的需要，劃分出來的相對獨立的結構段，例如表達了「一個事件」、「一個場景」、「一組對話」

等比較完整的部分。

一個自然段可以成為一個意思上表達完整的意義段；一個意義段也可能需要結合多於一個自然段才能將意思表達完整。

3 推測段意

有些段落包含兩至三層意思，閱讀時可加以比較，找出最完整或詳細的內容，從而確定段落最主要的內容。

如果段落中沒有重點句，閱讀時可留意句子之間的關係來判斷段落的重點。

三、理順主旨

閱讀時可以找出作者寫作記敘文的目的，例如是記述往事（**記事**）、藉記事件呈現人物的形象（**敘事寫人**）、記述遊歷的經過 （**記遊**）等。

其次，閱讀時留意作者在記敘事件後流露的思想感情，例如抒發感受、表明看法、批評或諷刺人與事等。

例 1：記述在車站與父親離別的情景，抒發了自己對父親的不捨之情。　**記事為主**

例 2：記述齊白石少年時期的事跡，讚揚他做事認真、有恆心的優點。　**敘事寫人**

例 3：通過記述到西貢遠足的經過，表達對大自然的欣賞和愛護之情。　**記遊為主**

答題技巧

❶ 善用關鍵詞找出答案

閱讀時找出每個段落的**關鍵詞**和**重點句**，有助準確地歸納段意，組織答案。

第二天早上，我決定向老師坦白一切，於是戰戰兢兢地走到教員室，鼓起勇氣說：「老師，對不起！其實那個地球儀是我不小心弄破的，我願意承擔責任。」雖然我很擔心會受罰，但說出真相後，內心的不安好像減輕了，如釋重負。這時，老師和顏悅色地說：「雖然你做錯了事，但能勇於認錯，主動承擔責任，總算知錯能改。」

文中哪一個四字詞語有「好像放下了沉重負擔」的意思？

在段落中找出幾個關鍵詞（必須四字詞語），其中符合「好像放下了沉重負擔」意思的只有「如釋重負」。「如釋重負」前面的句子「內心的不安好像減輕了」也有助我們確認答案。

② 善用重點句歸納段意

閱讀時留意段落的開首和結尾，找出每個段落的重點句，幫助自己歸納段意。出現在開首的重點句一般有概括內容的作用；出現在結尾的重點句一般具有總結內容的作用。

星期六下午，合唱團的表演開始了。我跟隨團員走上舞台，心兒緊張得亂跳，站好後，我竟然看到爸爸和媽媽坐在觀眾席上。媽媽本來要上班，想不到她竟然請假來為我打氣！音樂響起後，我們專心地看着指揮的動作，全情投入地跟着旋律演唱，順利完成表演，台下更報以如雷的掌聲！

這一段主要記述了？

◯ A. 我表演時緊張的原因。
◯ B. 我想不到媽媽會來觀看。
◯ C. 我為媽媽前來觀看感動不已。
◯ D. 合唱團的表演順利，並得到觀眾熱烈的掌聲。

找出重點句：開首「星期六下午，合唱團的表演開始了。」概括出內容，結尾「順利完成表演，台下更報以如雷的掌聲！」總結事情的結果。把兩者整理起來，就能得出答案為 D。

❸ 善用策略推測段意

如果段落中沒有重點句，閱讀時可留意句子之間的關係來判斷段落的重點。細心留意一些重要字眼，例如「可是」、「但是」等表示轉折關係的詞語；「原來」、「可見」、「因此」等表示因果關係的詞語，這些詞語接續的句子通常就是段落的重點語句。

每當同學約她外出玩耍，一心都會推卻。我最初以為她在找藉口，不想和大家交往，想不到原來背後有一個令人敬佩的理由——為了照顧患病的外婆，她寧願把所有餘暇都放在外婆身上，全心全意地照料她。

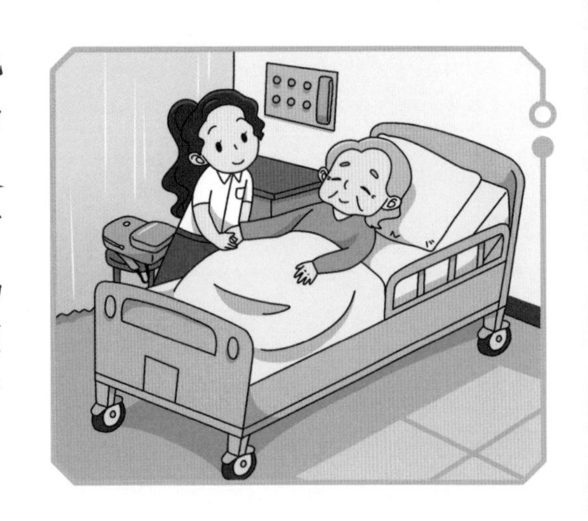

為什麼一心推卻同學的邀請？

「原來」後面的部分才是這一段最重要的內容，一心的餘暇都用來照顧患病的外婆。

④ 理解句子的深層意思

要掌握句子的深層意思，需要結合上文下理來作合理的推斷。

義工們自我介紹後，先為獨居伯伯送上水果、月餅和花燈，然後親切地問候他的生活近況、覆診的情況等，接着義工為伯伯在日曆上記下覆診的日期，並告訴他到時會有專人登門接送他到醫院覆診。說着說着，伯伯冰封的心被大家的熱情融化了。

為什麼作者說「伯伯冰封的心被大家的熱情融化了」？

◯ A. 因為義工帶來豐富的禮物。

◯ B. 因為義工問候時語氣親切。

◯ C. 因為義工細心地安排接送他到醫院覆診的日程。

◯ D. 因為義工的探訪使伯伯感受到很久沒有的關懷。

結合上下文，理解到獨居伯伯平日甚少得到別人的關懷，義工的親切問候和細心的安排，使伯伯感受到關愛，選D。

5 評價人物的性格和行為

回答評價角色的題目時，可從重要的情節、感情色彩較強烈的句子、人物的行為反應等，分析人物的特點。

歌唱比賽初選那天，我站在台上唱那首預備了很久的歌曲，由於太過緊張，因此副歌部分唱快了一點。一曲唱完後，我低着頭下台，心想自己唱得那麼快，一定不能入選了。表姐看到我垂頭喪氣的樣子，就走上前來拍拍我的肩膀，溫和地說：「一言，不要氣餒，盡了力就行！」聽到她的話，我心裏舒服多了。

你認為作者的表姐是個怎樣的人？試舉出一項，並結合本文加以說明。

題目中「怎樣的人」是指人物的性格或行為特點。根據文中重要的情節、感情色彩較強的句子、人物的行為等可知，表姐在我失落時安慰我，可以看出表姐是個善解人意的人。

閱讀小挑戰

挑戰一

有一次，我因為輸了球賽而感到悶悶不樂，沉默地坐在沙發上。小狗哈利看見了，馬上跑過來，溫柔地輕撫我的膝蓋，然後跳上沙發，舔舔我的手背，吻吻我的耳朵，好像在安慰我不要難過，牠真是善解人意。

問：作者眼中的「哈利」有哪一項優點？

◯ A. 能樂觀地面對困難。
◯ B. 能明白人類的語言。
◯ C. 善於領會人的心意。
◯ D. 聰明機智，身手敏捷。

找出段落中代表哈利優點的關鍵詞，然後在選項中找出符合這個關鍵詞意思的一項。

挑戰二

袁教授為了驗證自己提出的理論，整天都在實驗室埋頭苦幹。即使很多科學家都早已認同他的理論，苦口婆心地勸他不必繼續研究了。可是袁教授卻堅持反覆驗證，務求實驗結果正確可靠。

問：上文反映了袁教授哪一種性格特點？

- ◯ A. 袁教授認真負責。
- ◯ B. 袁教授不夠自信。
- ◯ C. 袁教授熱心助人。
- ◯ D. 袁教授太過自大。

「可是」後接的部分才是這一段最重要的意義，袁教授研究態度認真嚴謹，以確保理論正確可信。

實戰演練

探訪老人院

1. 想不到這一天的活動，不但笑聲不斷，還令我認識了這麼多「老友記」。

2. 上星期五，班主任帶領我們到附近的老人院舍探訪。記得出發前，我和一心都忍不住唉聲歎氣，老師叮囑我們要多和長者溝通，我們最喜歡玩手機遊戲，但老人都不會玩，我們可以和他們談什麼呢？想起接下來要度過這沉悶的三小時，不禁長嗟短歎！

3. 到達院舍後，我們跟着社工走進飯堂，看到幾十位長者分組而坐，有的坐在椅子上，有的坐在輪椅上。他們見到我們都熱情地揮手和我們打招呼。

4. 班主任叫我們分組坐在長者身旁，我和一心都不知怎樣打開話匣子，只懂得尷尬地笑。這時，其中一位婆婆解救了我們：「小朋友，你好，我們都是『老友記』！」

5. 首先是遊戲環節，我們和「老友記」玩疊杯子遊戲，既刺激又緊張，看到杯子掉下來，長者有的

大呼小叫，有的捧腹大笑，玩得十分投入。

6. 接着是問答環節，班主任向大家發問，包括生活常識題、娛樂題、謎語題等，想不到長者踴躍回答問題，我旁邊的婆婆雖然坐在輪椅上，卻敏捷地舉手搶答，答對了，就高高興興地接過禮物。老人家的笑容有種似曾相識的感覺，對了，一年級的時候，我們都搶着答問題，接過老師手上的小禮物，我們的臉上都笑開了花。

7. 那一刻我突然發現，原來「老友記」和我們有一些共通點。也許他們不像我們那麼有活力，但同樣喜愛與人交流，也有好動的一面。笑着笑着，遊戲環節就在一片歡快的氣氛下完結了。

8. 緊接着是表演時間。我們合唱了幾首經典老歌，長者們一邊拍掌，一邊和唱。接着兩位會唱粵曲的同學，合唱了一曲帝女花，「老友記」都聽得如痴如醉，報以熱烈的掌聲。這時社工宣布要為我們送上驚喜，原來有幾位婆婆穿上鮮艷的服裝為我們表演「花花舞」，仿如韓國女團一般，活力澎湃，讓我們十分驚喜。

9. 三小時的探訪轉眼就完結了，我們緊緊地和各位「老友記」握手道別，大家都笑盈盈地揮手，還叮囑我們有空再來一起共聚。這次的經歷不但為我們帶來驚喜，更獲益良多！

1. 從文中找出適當的詞語填在橫線上，使句子的意思完整。

電視節目上介紹的旅遊勝地好像＿＿＿＿＿＿，但又不記得何時曾經遊覽過。

2. 文中哪一個四字詞語形容陶醉或沉迷於事物中？

3. 本文主要運用了哪一種記敘手法？

＿＿＿＿＿＿

4. 第 2 段主要記述了什麼？

◯ A. 探訪的原因
◯ B. 探訪的經過
◯ C. 出發的經過
◯ D. 出發前的心情

5. 作者探訪老人院舍的經過是怎樣？請按順序記下來。

出發 → (1)＿＿＿＿＿＿ → 遊戲環節 → (2)＿＿＿＿＿＿ →

(3)＿＿＿＿＿＿ → 回程

6. 作者認為小孩子和「老友記」有哪些共通之處？

____

7. 試從文中摘錄兩個過渡句。

(1)

(2)

8. 綜合全文，作者在探訪前後心情有什麼轉變？

由 □□□□

變為 □□□□ 。

9. 作者在最後一段説自己「獲益良多」，她有什麼收穫？試列出兩項。

____

____

____

____

描寫文

記敘文 描寫文 說明文

議論文 抒情文 文言文

剛才我們在便利商店見到一個神神秘秘的人？

那人如何神神秘秘？

他戴了一頂黑色的高帽、穿着長長的大衣，架着墨鏡，在店裏徘徊，四處張望。

難道是傳說中的神秘顧客？

神祕顧客？也許是吧！

剛才哥哥形容神秘人的外表和行為就使用了描寫手法，以描寫為主的文章稱為

描寫文，

讓我們一起來認識描寫文吧！

認識描寫文

什麼是描寫文？

以描寫某一對象為內容的文章，將描寫對象的外在形貌、情態動作透過文字描繪出來。**描寫文的對象**包括人物、動物、靜物和景物，其中以**人物**和**景物**為主。

一起來看看描寫文的必備知識點。

一、人物描寫的手法

常見的人物描寫手法有以下四種：**外貌描寫**、**語言描寫**、**動作描寫**和**心理描寫**。

❶ 外貌描寫

主要描寫人物的外形，衣飾、神態表情等。

示例

- **身材**：高大、瘦小……
- **容貌**：圓溜溜的大眼睛、櫻桃小嘴……
- **髮型**：鬈髮、平頭……
- **衣飾**：常穿鮮豔的毛衣、戴眼鏡……
- **神情**：鬼鬼祟祟、神色自若

小提示

留意文章中人物神情的描寫，藉此了解人物的情緒反應，有助我們推斷人物的性格。

示例

例 1：弟弟看到陌生人時，流露出靦腆的神情。　**弟弟性格害羞**

例 2：看到服務員不小心把水濺到他的鞋子上，志平馬上怒目相向。　**志平性格急躁**

❷ 語言描寫

主要描寫的是人物的話語，包括獨白和對話。語言描寫能體現人物的性格、身分和思想感情。

示例

例 1：你不必客氣，小事一樁，何足掛齒？　**說話人豪爽不計較**

例 2：小朋友，你可以接受我們的簡短訪問嗎？　**說話人是記者**

例 3：我……我……忘記了替你的盆栽澆水，現在它……它……　**說話人擔心害怕**

❸ 動作描寫

動作描寫又叫行動描寫，主要描寫人物的動作和行為舉止，可從中了解人物的性格和作風。

示例

例如：他隨手把書包擱在欄杆上，二話不說就跑到球場上。　**性格不拘小節**

❹ 心理描寫

心理描寫指自己或人物的心理狀態和內心想法，從中表現出人物的性格、身分和思想感情。

示例

例 1：我心想這小鬼竟然敢向我挑戰，哼，放馬過來吧！

人物的性格自信

例 2：我畢竟是後輩，總不能直接地説長輩的不是吧！

人物身為後輩

例 3：聽到老師宣布選拔結果，我心裏頓時像多了鉛塊那樣。

人物心情沉重

讓我總結成表格給你們參考吧！

人物描寫的手法	特點	效果
外貌描寫	描寫人物的外貌特徵和神情，包括容貌、身材、姿態、服飾等。	既可突出人物的外貌特徵和身分，更可表現人物的性格特徵。
語言描寫	描寫人物所說的話，突出他們的聲音特點、語氣。	能夠表現人物的思想感情和性格特徵。
動作描寫	描寫人物的動作和行為。	能夠表現人物的思想感情和性格特徵。
心理描寫	透過內心獨白，描寫人物的願望和思想感情。	心理描寫能夠直接表現人物的內心感受。

二、景物描寫的手法

1 感官描寫

感官描寫是指運用視覺、聽覺、嗅覺、觸覺和味覺這五種感官，來觀察和描寫事物和景物。我們閱讀時可以根據作者的描寫加以想像，理解描寫對象的特點。

示例

視覺：金燦燦、五彩繽紛

聽覺：呼呼的風聲、滴滴答答的雨聲

嗅覺：清新的果香、炭燒的氣味

觸覺：軟綿綿、濕漉漉

味覺：甜絲絲、苦澀

❷ 定點描寫法

作者站在一個固定的地點觀察，隨着視線轉移按一定的順序來描寫景物，包括近至遠，右至左等。

❸ 步移法

隨着觀察者位置的移動，將觀察到的不同景物依次描寫出來。讀者如同跟隨觀察者的足跡一起遊覽，能條理清晰地掌握景物的地理位置。

例如：由碼頭走到大街，沿着大街向左拐，就到達街市。

❹ 隨時推移法

抓住同一景物在不同時間的特點，按照時間的推移來描寫景物，以呈現景物在不同時間的不同面貌。

例如：描述尖東海傍上午、中午和黃昏的景色

閱讀描寫動物的文章時要留意什麼？

閱讀時可留意動物的外形，包括顏色和長相，例如白茸茸的毛，長長的尾巴等。還要留意生活習性，進食、玩耍的方式等，從中可了解動物的性格。

一．人物描寫文

❶ 透過事件反映人物個性

閱讀描寫人物的文章時，除了留意基本的外貌、語言、行動和心理外，還要留意文中的事件，作者刻畫人物時，往往借助一件或多件具有代表性的事例來反映人物的性格特點。

示例

為了應付考試，姐姐幾乎把所有時間用來溫習。她每天早起一個小時，晚上吃過飯又馬上伏案溫習，暫停了所有的娛樂和遊戲，我們外出吃飯她也不跟着去。

除了事件，作者也會靈活運用**直接描寫**和**間接描寫**來突出描寫對象的特點。

❷ 直接描寫

直接描寫又稱為「正面描寫」。把描寫對象，如人或環境直接、具體地描繪出來。人物的外貌、語言和動作行為，都屬於直接描寫。景物的顏色、形狀、動態等，都屬於直接描寫。

❸ 間接描寫

間接描寫又稱為「側面描寫」。透過對其他人、事物或環境的描寫，從側面烘托所寫人物、景物。通常用暗示、襯托等手法，從不同角度來描寫對象。

- **人物烘托**：借助與描寫對象相關的人的言語、行為、外貌、神態、心理等，烘托出描寫對象的特質。
- **環境烘托**：借助描寫對象身處的環境，如地域狀況、社會狀況、環境氣氛、場所擺設等，烘托出描寫對象的特質。

示例

例 1：我們停下來，筋疲力盡，大家看到山路如此難走都不敢再往上走。 **直接描寫**

例 2：校長在教室外經過，連平日最喜歡談天的同學也不敢做聲，靜靜地坐着。 **間接描寫**

二、景物描寫文

❶ 靜態描寫與動態描寫

閱讀描寫景物的文章時，要留意作者會運用**動態描寫**和**靜態描寫**的手法來形容描述的對象。

靜態描寫是描寫景物在「靜止狀態」下所呈現的樣子，例如事物的外觀特點，如所處位置、形態、顏色、特徵等，像拍下照片。

動態描寫是描寫景物在「變動狀態」下所呈現的樣子，例如動作舉止、語言、情緒反應等。像拍短片，體現事物變化中的狀態。

❷ 多角度描寫

作者會從不同角度描寫景物，例如正面、背面、側面，或不同的視覺角度，如：遠、近、高、低，仰視、平視、俯視。我們閱讀時要加以留意，想像文中的景象就呈現在我們腦海裏。

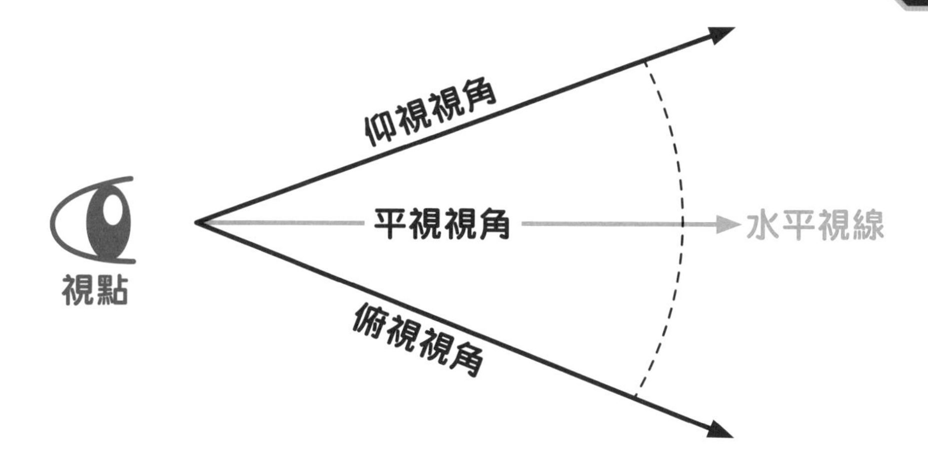

3 整體描寫和局部描寫

要全面反映景物的特點，作者會靈活運用**整體描寫**和**局部描寫**。

整體描寫指從宏觀的角度，寫出描寫對象的整體特點，給讀者一個概括的印象。

示例

描寫尖沙咀海濱的星光大道的全貌。

局部描寫指從特定或微細的部分入手，仔細寫出描寫對象某一部分的特點。讓讀者對事物的某一部分有具體、鮮明的印象。

示例

描寫星光大道入口設置的香港電影金像獎巨型銅像。

答題技巧

❶ 從正面描寫歸納人物個性

閱讀時留意人物的外貌、語言、行動和心理。

陳先生蓄着一頭整齊的短髮，身穿熨貼畢挺的西服，長長的臉，小小的眼睛，嘴唇常常抿成一道縫。他平日話不多，説話的語氣好像沒有抑揚頓挫，平緩的吐出一字一句，口頭常掛着「這是公司的規定，恕我未能幫忙。」一類的話。跟他談話就像聽一個答話錄音機那樣令人迷茫。

這一段主要運用了哪些人物描寫的手法？

① 外貌描寫　② 語言描寫

③ 動作描寫　④ 心理描寫

◯ A. ①②　◯ B. ①③

◯ C. ①④　◯ D. ②③

段落提到陳先生的髮型、服飾、長相和神情，屬「外貌描寫」；提到他常掛在口邊的話，屬「語言描寫」。

❷ 從側面描寫歸納人物個性

閱讀時留意作者筆下其他人的話語或反應，可歸納出主要描寫對象的個性特點。

記得那時，我跟允行素未謀面，只聽一心說過：「我小學一年級時已認識允行了，不過他一向是個獨行俠，小息的時候常常一個人坐在一旁，很少跟其他同學談天玩耍，記憶中我跟他談話的次數不多，對他的事情所知不多。」

以下哪一項最適合形容允行的性格？

① 膽小怕事　　② 獨來獨往
③ 沉默寡言　　④ 謹言慎行

◯ A. ①②　　◯ B. ①③
◯ C. ①④　　◯ D. ②③

段落中運用了側面描寫，從一心的話我們能概括出允行的性格，他小息時是個「獨行俠」，意思是他「獨來獨往」；一心說允行很少和其他同學談天，也就是指他「沉默寡言」。

❸ 抽絲剝繭評價角色

回答角色評價題時，留意作者運用了哪些事例來刻畫人物的性格特點。

每次進出大堂，總會見到保安員宣姨姨，她穿着整齊的制服，一頭長髮束成髮髻盤在腦後，笑容滿臉地跟我們打招呼。每當有送貨員或陌生人進入大廈，她會馬上開動「偵察雷達」，查詢他們的來意，並且請他們登記身分，遇到可疑人士，她更馬上致電户主核實。

你認為文中的宣姨姨是個怎樣的員工？試從文中舉出例子加以說明。

題目要求評價工作態度，可以先用一個詞語來概括，然後從文章的描述中，找出合理的例子作說明。宣姨姨是一個工作認真負責的員工，遇到可疑人士，她會馬上核實。

④ 摘取材料作出比較

回答比較題時，從段落中擷取適當的材料，作出比較。

有一次，宣姨姨回鄉探望年邁的母親，所以請了一個月事假。大廈的保安工作由尹叔叔暫代。尹叔叔比較年輕，一頭凌亂的短髮，把制服穿得很隨意，沒有把白襯衣束好。不知是不是他覺得工作沉悶，常常玩手機，或者和住客一起高談闊論，討論賽馬。我真擔心他沒有把進來的人看清楚，給了小偷可乘之機。

試比較兩位保安員的外貌和工作態度。

從上文對兩人的外貌描寫可知宣姨姨髮型衣着整齊，尹叔叔較為不修邊幅；從宣姨姨緊守崗位的表現，可知她工作認真，而尹叔叔則比較馬虎。

⑤ 善用重點詞句掌握景物特點

答題時，留意重點詞句，便能概括出描寫的角度和景物的特點。

站在山頂向下眺望，藍湛湛一片，整個海港盡收眼底，沿岸的摩天大廈像可以捧在手裏的小儲蓄箱，鱗次櫛比地排列着，熙來攘往的汽車是小小的玩具車，連在大海中航行的巨大遊輪都變成了小小模型船。

片段中作者運用了哪一種觀察角度？

作者站在山頂向下眺望，由此可知運用了俯視。

⑥ 理清描寫手法掌握景物特點

答題時，留意作者運用的描寫手法，並擷取合適的內容概括出景物的特點。

赤柱的景點真多，我們下車後往前走，先到赤柱市集閒逛。赤柱市集的街道兩旁布滿各色各樣的小商店和小攤子，有絲綢服裝店、工藝品店、玩具店，還有出售紀念品的店舖，令人目不暇給。我們走進一家工藝品店，貨架陳列着很多富有中華傳統特色的工藝品，包括刺繡圖案的小錢包、雕上圖案的竹筷子、繪有花鳥圖案碟子等，古色古香的精品琳瑯滿目，令人眼花繚亂。

作者怎樣運用整體描寫和局部描寫來描述赤柱市集？

作者先宏觀地寫出赤柱市集的特點屬「整體描寫」，再從工藝品店入手屬「局部描寫」。

閱讀小挑戰

挑戰一

允文個性健談，對我無所不談，但其他同學都很少和他交談，令我感到很奇怪。有次我和一心談起，她說：「允文說話太沒分寸了，常常嘲笑人，看到人家有一點失誤就大聲取笑，甚至給人起綽號，誰還會想跟他說話呢？」

問：以下哪一項是允文的特點？

◯ A. 口若懸河
◯ B. 口不擇言
◯ C. 口不對心
◯ D. 口齒伶俐

挑戰二

深秋季節，我們從橋上看過去，只見對岸一大片紅彤彤的叢林，紅得像火，又像一條紅色的圍巾，把整個樹林重重包圍。過了橋，走到樹叢之下，方發現那是一株株高大的楓樹，高舉着雙臂，樹上的葉子有深紅、火紅、橙紅，層層疊疊，有的掛在樹上搖搖欲墜；有的像蝴蝶那樣在半空飄飛；有的淘氣地躺在地上把草地染紅。

問：作者運用了哪些描寫手法來寫楓林？描述了哪些景象？

描寫手法	描述
(1) ________ 描寫	--大片紅彤彤的叢林
(2) ________ 描寫	一株株 (3) ____________ 的楓樹，楓葉有不同的 (4) ____________，有的 (5) ____________，有的在 (6) ____________，有的躺在地上。

美麗的瑞士

1. 我曾在電視的旅遊特輯中看到瑞士雪山奇麗壯美的景致，心裏萬分嚮往，想不到昨天終於得償所願了！

2. 我們一家人來到了英格堡，放眼望去一片綠油油的草地，上面是一排排童話世界般的小屋。正當我奇怪目的地不是雪山嗎？聽邊傳來「叮咚，叮咚」的聲音，原來是幾隻牛在吃草，牠們悠然自得的模樣，好像在提示我不用焦急。「看看上面！」我順着媽媽的手往上看，山的最高處果然是終年積雪的鐵力士雪山。

3. 要通往雪山，我們先乘坐六人座的纜車。從車上往下望，我看到草地上的小屋、筆直的樹木和成羣的牛變得越來越小，有點像微縮模型那樣。車子漸次遠離地面，聽到人們讚歎的聲音，大家都抬頭朝着白茫茫的山頂看去，一幅雪山連綿的畫卷在我們眼前緩緩展開，四周的景物都像被白色的毛毯覆蓋着，隨着纜車的前進向後退去。

4. 接着，我們乘搭另一種纜車——鐵力士山獨有的旋轉纜車，它的外形圓滾滾，形狀像個南瓜，配上玻璃窗彷彿是個太空飛行器，叫人目瞪口呆。我們雀躍地走入車廂，它關上了門，漸漸升起，然後緩緩地旋轉三百六十度，讓我們從不同角度欣賞美景，美不勝收！

5. 終於到達山頂了，大家都難以掩蓋興奮的神情，穿好禦寒衣物、戴上太陽眼鏡走到露天平台，進入這個神奇的冰雪世界。白皚皚一片，陽光映在雪地上閃閃生光，前面是歐洲最高的的金屬吊橋，可以通往對面的山峰，我們腳踏在網狀的吊橋上，冷風吹來，橋有點搖晃，腳下是深不可測的山谷，每走一步都能感受到吊橋的震動，驚心動魄。當我們習慣後，心境漸漸平靜下來，凝視四周，彷若置身仙境，腳下的風光盡收眼底。

6. 回到室內，我們參觀了千年冰川洞穴，那裏長年保持着零下二十度的低温，洞內既寒冷又幽暗，迷幻的燈光照着宏偉的冰雕，仿如走進時光隧道。從冰洞走出來，我們到小木屋茶座喝了熱烘烘的巧克力，暖在心頭。最後，我們逛了紀念品小店，媽媽讓我買了一條印有雪山圖案的巧克力帶回家。這次的雪山之旅真是滿載而歸，令人難以忘懷！

1. 從文中找出適當的詞語填在橫線上，使句子的意思完整。

電視新聞報導了雨災的場面，一輛輛汽車在馬路中央差點被水淹沒，場面教人 ____________。

2. 文中哪一個四字詞語形容神態從容，心情放鬆的樣子？

3. 第 3 段描述了鐵力士雪山哪兩項特點？

____

4. 以下的段落各運用了哪些角度來描寫景物？（答案可於多一個）

	角度		
第 2 段	○ 平視	○ 俯視	○ 仰視
第 3 段	○ 平視	○ 俯視	○ 仰視

5. 第 4 段中，作者描述了旋轉纜車的哪些獨特之處？

外形	(1)
功能	(2)

說明文
記敍文
描寫文
說明文
議論文
抒情文
文言文

這個語文機械人能夠閱讀不同的文章，還能和人對話，十分聰明。

謝謝你的讚賞！

這個語文機械人不但能夠閱讀不同的文章，還能準確地理解文章，對小學生的學習有很大的幫助。

過獎了，謝謝！

現在大家只要拿出二十元零用錢，就可以試用這個聰明的語文機械人！

哼，你們要把我拿來賺錢嗎？有沒有徵求我的同意？

我們只不過想賺點錢，然後帶你去買最新的遊戲卡。

我才沒興趣賺錢買遊戲卡，
你們剛才介紹我的有優點實在不夠全面，也不夠說服力，
還是跟我學習一下
說明文吧！

認識說明文

什麼是說明文？

說明文是通過解說事物、事理或概念，讓人們清楚了解資訊或知識。根據內容，說明可分為兩大類：

說明事物：講解事物的形狀、構造、特點、功能等。

解釋事理：介紹事物的因果關係、主次關係、原理和應用等。

說明文的行文着重具體清晰的解說，內容也要真實和客觀。

一起來看看說明文必備的知識點。

一、說明的方法

為了方便解說事物、事理或概念，說明文常運用以下八種說明方法。

名稱	特點 / 效果	例子 / 常見寫法
定義說明	用簡明、準確的語言，概括事物的本質或特徵，常用於解說原理和概念。	是指 / 就是 / 即 / 稱為
舉例說明	舉出具代表性的例子，把抽象、複雜的事物或事理說得具體明白。	舉例來說 / 以……為例
數字說明	又稱數據說明，運用準確的數據來說明事物的特質，能準確和科學地顯示事物的特點。	根據一項研究 / 統計資料，百分之…… / 長……米

名稱	特點 / 效果	例子 / 常見寫法
分類說明	根據事物的性質、功用等分門別類，逐一說明，能把複雜的事物條理分明地解說清楚。	可分為以下幾種 / 有以下種類
描述說明	具體地描述現象、狀態、變化過程等，能增強吸引力，使事物呈現於讀者眼前。	由……組成
比較說明	把要說明的事物和另一事物比較，能突出它們之間的相同或不同之處。	相比之下 / 與……不同 / 比……更 / 還要
比喻說明	以人們熟悉的事物或事理作比喻，能把抽象的事物或事理解說得具體易明。	好像 / 如同
引用說明	引用典籍、名言、詩詞、研究等來說明事物，能使內容更具權威性，更有說服力，或增添趣味。	正所謂 / 俗語說 / 俗諺說 / 常言道

總結成表格給你們參考吧！

閱讀策略

一．說明的順序

說明的順序即把材料有條理地寫出來，使文章層次分明和合情合理。閱讀說明文時要留意作者如何安排材料的順序，便能理清文章的脈絡。

說明順序	特點	例子	效果
時間順序	按事物發展的先後次序說明	• 由早到晚 • 由古到今 • 由春到冬 • 事情的開始、發展、結果 • 事物的源流演變過程 • 動植物的成長過程 • 物品的製造過程	• 脈絡清晰，條理分明 • 使讀者掌握時間變化、先後次序或步驟
空間順序	按事物的結構、空間位置、觀察角度來說明	• 從上而下 • 從左至右 • 由近至遠 • 由外至內 • 整體到局部	使讀者掌握空間分布、事物的內外結構及運作原理
邏輯順序	按事物或事理內部的聯繫來說明	• 因果關係 • 主次關係 • 並列關係 • 層遞關係 • 一般到個別 • 具體到抽象	• 理清事物間的關係和原理 • 突顯文章的主題

二、說明的層次

說明文按層次，可分為「總」和「分」：「總」就是文章的總起或總結
是文章的中心思想。「分」指的是分項說明。

說明文常見的結構層次有：

- **總分層次**：先概括說明對象的整體特點，然後分項說明。
- **分總層次**：先分項說明，然後總括說明對象的整體特點。
- **總分總層次**：先概括說明對象的特點，然後分項說明，最後總
說明對象的特點。

其中，「總分總層次」的結構比較全面，在開首就交代清楚文章要點
使讀者能在最短時間內了解文章最重要的資訊，然後分為不同段落分
說明，層層深入，最後在結尾對文章整體內容作出總結，與首段互相
應，使文章脈絡互相貫通。

示例

	1. 閱讀的好處	2. 如何在日常生活中實踐節能？
總	點出閱讀是良好愛好，能帶給人許多的好處。	環境問題、能源危機日趨嚴重，我們要在生活中實踐節能。
分	分項說明閱讀能增進詞彙、提升篇章理解能力、提高寫作能力。	分項說明在家居、學校及交通運輸三方面如何能實踐節能。
總	總結閱讀好處多，這項興趣值得我們培養。	總結只有齊心合力在日常生活中實踐節能，才能善用地球的資源。

三、標示語的運用

為了令文章脈胳清晰，標示語的運用在說明文中十分常見。

分項說明時，常用的標示語有「第一、第二、第三」、「首先、其次、再者、最後」等。

分項說明的結尾常要表明因果關係，常用的標示語有「可見、因此、由此可見」等。

總結部分的標示語有「總括而言、總而言之」等。

說明文結構	標示語
分項說明	第一、第二、第三／ 首先、其次、再者、最後
結尾表明因果關係	可見、因此、由此可見
總結	總括而言、總而言之

總結成表格給你們參考吧！

答題技巧

❶ 找出關鍵詞解答問題

閱讀時留意關鍵詞，概括出事物的特點或事情發展的重點。

舞獅是我國的一種民間傳統表演藝術。表演者在鑼鼓音樂下，裝扮成獅子的樣子，模仿獅子的動作和形態舞動。關於舞獅的起源，可謂眾說紛紜。傳說古代有獅子走出深山到村莊傷害村民，於是村民模仿獅子的形態舞動來趕走獅子，漸漸演變成為舞獅；也有傳説記載平民以紙紮獅子及鑼鼓聲驅走年獸，演化成為舞獅，更有神話故事記述如來佛祖把獅子引走，保護百姓，因此南獅表演中常安排「大頭佛」引領獅子。

文中哪一個四字詞語形容對一件事有各種說法，沒有一致的結論？

段落提到幾種關於舞獅起源的說法，但沒有一致的結論，其中的關鍵詞是「眾説紛紜」。

❷ 善用中心句歸納主旨段意

閱讀時留意段落的開首和結尾，找出每個段落的重點句，幫助自己歸納段意。出現在開首的重點句一般有概括內容的作用；出現在結尾的重點句一般具有總結內容的作用。

好奇心，是人類與生俱來的心理特點，它促使人類探索未知的知識，引領人類認識自己、身處的社羣、大自然以至宇宙，漸漸掌握各種技能和學問，並不斷推陳出新形成各種新趨勢。人類一旦失去了好奇心，人類文明就會失去進步的動力。

這一段主要說明了什麼？

◯ A. 好奇心是人類獨有的。
◯ B. 好奇心是文明發展唯一的動力。
◯ C. 好奇心對文明發展舉足輕重。
◯ D. 好奇心決定了文明發展的趨勢。

段落的中心句是「人類一旦失去了好奇心，人類文明就會失去進步的動力」，意思是好奇心對於推動文明進步十分重要；而段落沒有提及好奇心是人類獨有的，也沒有指出它是文明發展的唯一的動力或決定了文明發展的趨勢。因此，運用排除法刪去不合適的選項，得出答案是 C。

❸ 區分說明方法掌握作用

閱讀時，留意作者運用了哪些說明方法，然後從上文下理整理出這些方法的作用。

由於中國沒有獅子這種動物，因此「獅」本來和「龍」、「麒麟」一樣屬於神話中的動物。直到漢朝時，少量真獅子從西域傳入，當時的人模仿獅子的外貌、動態表演。在三國時代，這種表演發展成舞獅；到了南北朝時，舞獅隨佛教興起開始盛行。唐代時，舞獅是宮廷大型表演的一個項目，稱為「五方獅子舞」。白居易的詩中描述獅子舞：「假面胡人假面獅，刻木為頭絲作尾，金鍍眼睛銀作齒，奮迅毛衣擺雙耳。」，當時的舞獅跟現今我們所見的甚為相似。

作者引用白居易的詩句有什麼作用？

作者引用白居易的詩句，當中描述獅子舞的細節，包括獅子的外貌和動作，從而提出觀點：當時的舞獅跟今天的已十分相似。

❹ 摘取材料作出比較

回答比較題時，從段落中擷取適當的材料，作出比較。

南獅，又稱醒獅或廣東獅，造型較為威猛，舞動時注重功架。南獅主要是靠舞者的動作表現出獅子神態，一般只會二人舞一頭獅子。獅頭取材自戲曲臉譜，色彩豔麗，造工講究，眼簾、嘴和耳朵都可動。

北獅的造型酷似真獅，獅頭較為簡單，獅身披上金黃、橙、紅色的毛。舞獅者的上衣、褲子和鞋子同樣有毛髮，使造型更維肖維妙。大北獅由二人舞動，小北獅則由一人操控。北獅着重表現靈活的動作，如撲、跌、翻、滾、跳躍、擦癢等，與南獅着重威猛不同，並配合台凳、搖搖板等道具演出。

試比較南獅和北獅的不同。

從段落中擷取關於南獅和北獅的材料，然後整合答案。南獅造型威猛，一般二人舞一頭獅子。北獅造型較為簡單，大北獅由二人舞動，小北獅由一人操控。

⑤ 留意句子關係掌握事物特點

答題時，留意句子的關係，如因果、並列、轉折等，了解事物或事理之間的聯繫。

其次，睡眠能有助預防心血管疾病。在睡眠期間，身體會減少代謝和二氧化碳的產生，從而減少心臟的負擔。此外，充足的睡眠能讓身體更好地控制血壓，從而降低心臟和血管的炎症風險，進而減少心血管疾病的發生。相反，睡眠不足會提高冠狀動脈堵塞和脆化的可能，容易導致心臟衰竭和中風，因此平常就該保持良好的睡眠時間和品質，減少患上血管疾病的機會。

為什麼睡眠能有助預防心血管疾病？

題目的關鍵詞是「為什麼」，因此在答題時，要留意「睡眠」和「預防心血管疾病」所構成的因果關係：睡眠能減少代謝和二氧化碳在身體的產生，以及讓身體更好地控制血壓，所以能幫助預防心血管疾病。

⑥ 梳理層次掌握脈絡

答題時，留意作者運用的說明層次，梳理出內容的脈絡。

首先，對於不同年齡層的人來說，運動會為他們的健康帶來不同的好處。對於小孩子來說，養成做運動的好習慣可以增強他們抵抗力，提升免疫系統的功能，減少患病的機會。對於發育時期的青少年而言，適量的運動可以鍛鍊肌肉，強壯骨骼，令體魄強健。做運動可以避免脂肪積聚，也有助增高，使青少年的體格在發育過程中均衡發展。對成年人來說，恆常運動的習慣能幫助他們強身健體，增強心肺功能，減少患上心血管病、三高等，也避免身體機能提早退化。

作者怎樣運用邏輯順序來說明運動對人的好處？

題目的關鍵詞是「怎樣」，因此在答題時，要留意作者運用的「邏輯順序」：先敘述運動對不同年齡層的人有好處，然後分別說明運動對小孩子、青少年及成年人的好處，由此可歸納出作者運用了「由一般到個別」的邏輯順序。

閱讀小挑戰

挑戰一

奇異果是原生於紐西蘭的水果，對嗎？不對啊，這真是一個誤會，奇異果原產於中國，本名為「獼猴桃」。在長江兩岸的高崖上，有一種長達三十呎的籐生植物，古代的人覺得它長出來的果實——「獼猴桃」不好吃，所以不會採摘來吃，卻想不到這種果實竟受到山中野猴的歡迎，成為牠們的食物。

問：「獼猴桃」的得名原因是？

① 它原產於中國
② 它是籐生植物的名字
③ 它成為獼猴的食物
④ 人們用它來餵飼獼猴

◯ A. ①②
◯ B. ②③
◯ C. ③④
◯ D. 只有③

挑戰二

中國傳統曆法的起源，學者認為可追溯至殷商時期的曆法規則。到漢代，漢武帝頒布《太初曆》，更把最初記載於《淮南子· 天文訓》的二十四節氣編入曆法中，是為中國首部較完整的曆書。唐代以後，頒布曆法被視為擁有最高權力的象徵，當時只有朝廷的欽天監才可以編纂和頒行曆書，一般平民不許自行編寫，因此曆書又名「皇曆」。直至清代嘉慶年間，朝廷廢除民間編寫曆書的禁令，但民間曆書須取得官方核准，方可刊行。為避免民間不同的曆書出現過多差異，朝廷頒布《協紀辨方書》作為編纂曆書的參考，也成為現今通書的編纂基礎。

問：段落中，作者主要運用了哪一種説明順序？試加以説明。

實戰演練

如何減輕壓力？

1. 本港的小學生除了要應付忙碌的功課、繁重的測驗考試之外，還要參加不同的課外活動來自我增值，往往感到力不從心，感到壓力，影響身心健康。怎樣能有效紓緩壓力？以下是一些建議。

2. 首先，合理編排作息時間有助紓緩壓力。上課以外，很多學生的時間表都塞得滿滿的，不是去補習，就是參加課外活動，休息時間不足，考試前夕，更容易令學生感到焦慮。家長可以協助子女好好編排作息時間表，對活動作出取捨，減省一些不必要的補習課程或課外活動等，讓子女有足夠的睡眠及休息時間，甚至有餘暇和家人相處。可見，合理編排作息有助減壓，促進身心健康。

3. 其次，建立支援網絡可以幫助減輕壓力。「一人計短，二人計長」，面對學業、比賽的壓力，學生可以找師長商量。師長

的人生閱歷豐富，能提供寶貴的意見，或合適的解決方案；相反，假如把壓力或難題困在心裏，不尋求師長的支援，不但沒法解決問題，甚至衍生情緒的困擾。因此，為自己建立可靠的支援網絡是減壓的可取之道。

4. 再次，培養良好的運動習慣有助紓緩壓力。研究發現，運動會讓人體分泌「快樂」的激素，如多巴胺、腦內啡等，可以暫時消除負面情緒。根據南澳洲大學一項發表於《英國運動醫學期刊》的新研究指出，運動不但能強健身體，更能紓緩情緒，在遇到情緒憂鬱及焦慮症狀時，舒緩的效果甚至比心理輔導或藥物治療高出 1.5 倍。小學生可藉運動來減輕壓力，即使沒有足夠的時間去運動場做運動，也可以在家裏做帶氧體操或到附近的公園緩步跑或散步。只要每天抽取少許時間做運動，就能持續地減壓。

5. 總括而言，運用合適的方法紓解壓力，不但能改善小學生的情緒，使他們愉快地學習和生活，更能平衡身心發展，帶來長遠的利益。

1. 從文中找出適當的詞語填在橫線上，使句子的意思完整。

最初大家估計這件事會在很短的時間內完結，想不到問題一拖再拖，沒法得到解決，還由此 ________ 出許多棘手的問題，真教人始料不及。

2. 文中哪一個四字詞語形容想做某事，卻無法達到？

3. 第 2 段主要描述了？

◯ A. 調整作息有助減壓

◯ B. 家長催谷學生造成壓力

◯ C. 大部分學生的作息編排過於緊密

◯ D. 學校的時間表編排了過多課堂和課外活動

4. 作者在第 3 段引用了「一人計短，二人計長」，這句話在文中的意思是什麼？

____

____

____

5. 第 3 段中，作者如何運用比較說明？試完成下表。

	尋求師長的支援	不尋求師長的支援
效果	(1)	(2)

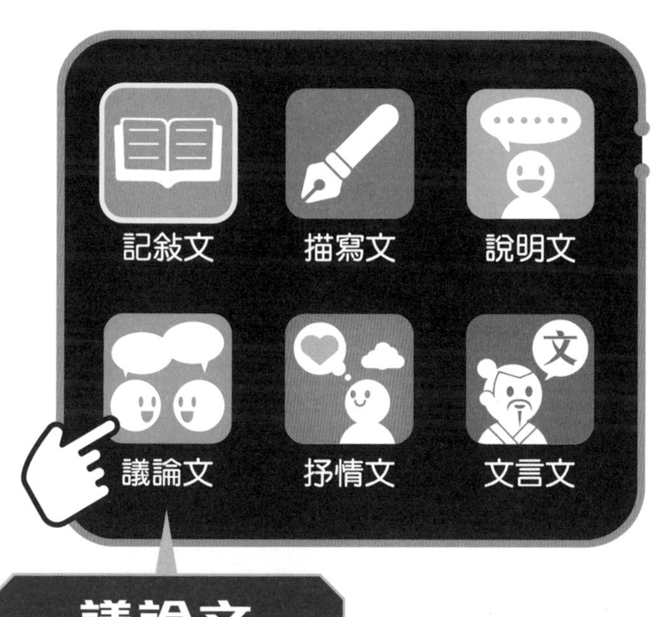

議論文

今天的論題是「語文機械人值得在小學校園推廣」，先請正方代表發言。

語文機械人能夠幫助小學生解決閱讀難題，又能提高閱讀興趣。根據本班的調查顯示，百分之八十的同學認同語文機械人能夠解答他們的問題，在引入語文機械人後，全班每星期的閱讀時數增加了百分之五十。由此可見，語文機械人值得在小學校園推廣。

現在請反方的代表發言。

我方認為語文機械人不值得在小學校園推廣。根據本班的調查顯示，引入語文機械人後，百分之九十五的同學倚賴語文機械人來解決閱讀難題，而不肯自己動腦筋。因此，校方不應該在校園推廣語文機械人。

第一輪發言完結，請大家休息一會。

大家覺得哥哥和妹妹誰說得有道理？未分出勝負前，讓我們一起來認識**議論文**吧！

認識議論文

什麼是議論文？

議論文是用來分析事理，表達自己的觀點、主張和立場的一種文體。

一起來看看議論文的必備知識點吧。

一、議論文的三大要素

❶ 論點

論點是作者對所論述的事情或問題的立場和看法。

論點可分為：

(1) **中心論點**：指全篇文章的主要觀點。

(2) **分論點**：由中心論點細分而成的論點。

示例

中心論點：應全面禁止吸煙。

分論點：吸煙會危害個人健康、二手煙會損害別人的健康、吸煙會令人上癮。

❷ 論據

用來證明論點的理由或依據，通常會用真實的事例、實踐過的理論或道理來證明自己的論點。

❸ 論證

要證明自己的論點正確，必須舉出充分的論據，論證就是運用

據來證明論點的過程。

二、論證的方法

在運用論據來證明論點的過程中，以下是常用的論證方法，

論證方法	特點	示例
舉例論證	又稱為「例證法」，是用真實或典型的事例作為論據來證明論點的方法。 按性質可把例子分為三類 1. 事例（生活中的典型例子） 2. 史例（歷史人物的史跡） 3. 設例（假設的例子）	事例：運動員經過多年的 苦鍛練，終於成為世界冠軍 史例：唐代大詩人白居易 了積累詩作素材，把平日 集到的資料放在不同的陶 中，寫作時先整理資料， 後下筆。 設例：假如我們每天都吃 餐，就容易攝取過多的脂 和有害物質。
比喻論證	又稱為「喻證法」，是用比喻來說明道理，使道理具體易明的論證方法。能把抽象的道理具體化，令讀者更容易明白。	知識是海上的燈塔，只要 向正確的方向，就能到達 岸。

論證方法	特點	示例
對比論證	又稱為「對比法」，是把兩種互相對立的事物或道理對舉出來，通過比較、對照來證明論點的方法。能令人印象深刻，從而增強說服力。	對比兩種不同事物： 吸煙人士比不吸煙人士患上肺癌的機率高出10至20倍。 對比同一事物的兩個不同方面： 實施廢物回收後，本屋村一般垃圾的數量減少了百分之五十。
引用論證	又稱為「引證法」，是引用受廣泛認同的古語、諺語、俗語等，以及古今中外不同領域成功人士的言論、意見等，作為論據來證明論點的方法。借助權威之言，能加強說明力。	《論語》中記載孔子對學生說：「己所不欲，勿施於人。」，意思是說自己不想做的事，切勿施在加別人身上，強調了設身處地，為他人設想的必要。
類比論證	又稱為「類比法」，是利用事物之間性質相同或相似的特點，從已知的一事推知或證明另一事。幫助讀者理解觀點，加強說服力。	鳥兒為了確保鳥巢的堅固，會在下雨之前剝下桑根皮來修補鳥巢，以免風雨把鳥巢吹壞了。同樣道理，定期驗窗計劃也能在風雨來臨時確保窗戶的安全。

三、立論與駁論

立論是指設法證明自己的論點正確；**駁論**則是指駁斥與自己意見相反的人的觀點，從而證明自己的論點正確。

駁論時可針對對方的論點或論據加以反駁。

- **駁斥論點**：先指出對方的論點有誤或失實，然後提出自己的論點駁斥對方。
- **駁斥論據**：指出對方的論據錯誤或失實，然後用正確的道理和事實駁倒對方。

四、正反論證

先以正面論證觀點，再從反面論證觀點，突顯自己的論點。

示例

例 1：**論點：均衡飲食值得提倡**

- **正面論證：均衡飲食對健康有益，也能保持體態，因此值得提倡。**
- **反面論證：飲食不均衡，多吃高脂高糖高鹽的食物，身體機能容易出毛病，也容易有超重問題。**

例 2：**論點：充足的睡眠對人有益**

- **正面論證：充足的睡眠令身體得到休息，使人精力充沛。**
- **反面論證：睡眠不足容易引發焦慮，壓力等負面情緒。**

閱讀策略

一、議論文的基本結構

議論文的基本結構包括引言、正文及總結。

1. 引言（引論）
例：課外活動能培養合作合羣的品德
引入論題，說出論點，表明立場。
通常會概括全文的主要論點，也可簡述各個分論點。

引入論題的常見方法：
- 開門見山（破題法）
- 設問（自問自答）
- 以生活現象、時事引入
- 引用別人的觀點 / 言論
- 駁斥別人的觀點 / 言論

2. 正文（分論）
- 按分論點，每段論述一個重點。
- 每段以標示語起首，然後以主題句（中心句）提出分論點，概括段意。

例：首先，課外活動有助培養羣體合作精神。

- 再用論證方法提出論據，證明論點。

例：一些課外活動如童軍、合唱團等，講求參加者互相合作，能培養孩子尊重別人以團體目標為重的精神。

- 接着用「因此 / 由此可見 / 從以上可見」表示因果關係，再次強調論點正確。

例：由此可見，羣體性質的課外活動能培養合作合羣的品德。

標示語包括：
「首先 / 其次 / 再者 / 此外」
「第一 / 第二 / 第三」等

分論點可用「立論與駁論」的模式，一方面支持自己的論點，一方面駁斥與自己意見相反的人的論點或論據。

分論點也可用「正反論證」的模式。先以正面論證觀點；再以反面的角度突顯自己的論點。

3. 總結（結論）
重申自己的立場，扼要地歸納在正文提及的論點，並提出期望。

常用的標示語有「總而言之、總括而言」等。

以上的架構也可以概括成「總—分—總」模式

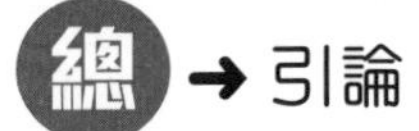

→ 引論

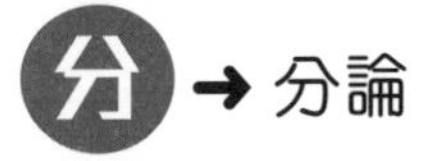

→ 分論

→ 結論

二、預覽文章

在閱讀正式議論文之前，先快速瀏覽標題、標題下的摘要或導言，以及每個段落的開頭和結尾。這樣可以幫助你了解文章的結構和主要論點，並為閱讀提供一個框架。

示例

標題：運動令人心情愉悅

段落 1：運動常常令人身心舒暢……

段落 2：運動時人體會分泌激素，使身體感到輕鬆和舒適……

段落 3：許多運動是多人協作完成，運動時增進了社交連結，使人心情愉悅……

段落 4：由此可見，運動是生活不可或缺的一環……

答題技巧

❶ 從引論找出主要論點

閱讀時留意引論部分，篩選出作者表達主要論點的句子。

臨近暑假，又到了莘莘學子為升讀高中而選科的日子了，有人認為理科能訓練邏輯思維，出路較廣，比較實用；有人認為文科能夠陶冶性情，提升文化素養；有人認為商科符合商業社會的發展，有利將來就業。我卻認為無論選哪一科，最重要是符合個人的興趣。

試歸納出段落中的主要論點。

作者先提出要論述的問題和不同人的看法，然後才引出自己的主要論點，因此作者的主要論點是「無論選哪科，最重要是符合個人興趣。」

❷ 找出分論點、論證和論據

答題時分析段落的結構，找出分論點、論證和論據。

其次，善用時間，就能充實自己。東漢時的董遇，少時家貧，曾以打柴度日，後來成為研究《老子》、《左傳》的專家。有個人向董遇請教，董遇卻不肯教他，只說：「你好好把書讀一百遍，書中的意思就自然顯現出來了。」求教的人說沒時間讀書。董遇就說：「要善用『三餘』，冬天是一年的農餘時間，夜晚是白天外的空餘時間，下雨的日子則是暫停農活的餘暇時間。」抓住三餘來讀書，就是董遇成功的祕訣。由此可見，善用零碎的時間，可以充實自己，掌握知識和技能。

試找出本段的論點、論證和論據。

主題句（中心句）通常在段落開首，答題時可在開首找出分論點：「善用時間，就能充實自己」。接着作者寫董遇教人抓住三餘來讀書，這也是董遇成功的祕訣，這部分是分論點的論據，董遇的故事是史例，因此用的是舉例論證。

③ 善用對比理出論據

閱讀時留意作者運用對比論證來支持自己的論點，要區分作者如何比較事物或事理。

有些獨居長者整天躲在家裏，足不出户，不但感覺沉悶，還會因為缺乏關愛而感到孤苦無依，情緒低落，心理健康也受到影響。另一些獨居長者能參與社區中心舉辦的活動，不但可以認識朋友，擴大社交圈子，還會感覺生活充實有寄託，心態較為積極，也不會孤單。

作者如何運用對比論證？試完成下表。

	不參與社區活動	參與社區活動
社交		
心理		

不參與社區活動的長者社交少，心理健康易受影響。參與社區活動的長者社交圈子大，不易感到孤單。

❹ 抽出論點掌握駁論

為了強化自己的論點，作者會運用駁論的手法。閱讀時要留意作者是採用駁斥論點還是駁斥論據的策略。

有人認為熱帶雨林有很多樹，而且樹木可以不斷生長和繁衍，因此可以隨心所欲地砍伐大量林木，建造房屋、製作家具和紙張。我認為這種看法過於輕率，即使樹木是可以不停地生長，但所需的時間甚長，一株樹苗往往要幾十年才能長成大樹，如果過度砍伐，而樹木生長的速度追不上被砍伐的速度，樹林就會被破壞，甚至消失。

1. 本段中，作者不同意哪一種觀點？

2. 作者所持的理由是？

3. 主要運用的策略是？

作者首先提出某人的看法，然後指出「這種看法過於輕率」，可見作者不認同，並提出理據加以駁斥，這裏運用了駁斥論點的方法，指對方的論點站不住腳。

❺ 綜合整理正反論證

閱讀時留意作者會用「相反」、「反過來說」等詞語來作正反論證。

再者，參加課外活動能擴闊學生的眼界。課外活動能讓學生在課堂以外接觸新知識，學習新技能，而且學習和人合作，共同協商，能提升與人溝通的能力和團體合作的精神。

反過來說，若果不參加課外活動，學生的生活環境就只局限於學校教室和家庭，不但社交圈子十分狹窄，不利於人際關係的培養，而且少接觸課堂以外的社會，知識層面也比較局限。

1. 試找出本段的論點。

2. 作者如何論證自己的論點？試加以説明。

主題句（中心句）通常在段落開首，答題時可在開首找出分論點「參加課外活動能擴闊學生的眼界」。接着作者先論述參加課外活動的好處，再論述不參加課外活動帶來的壞處，由此可歸納出作者運用了正反論證。

⑥ 梳理結論常用手法

在議論文的結論部分，作者一般會重申自己的立場，扼要地歸納在正文提及的論點，並提出期望，只要按這幾項手法梳理，就能找出結論的寫作手法。

總括而言，參與課外活動對我們的知識、技能和社交能力都大有裨益，而且有助紓緩壓力，難道你還會不參加嗎？

作者在結論運用了哪些手法？

① 重申論點　② 引用權威
③ 善用設問　④ 帶出期許

◯ A. ①②　◯ B. ①③
◯ C. ①④　◯ D. ②③

留意結論部分，作者先扼要地重申各個分論點，確立支持學生參加課外活動的立場，然後藉反問向讀者提出期望，因此答案是「重申論點」和「帶出期許」，即選項 C。

閱讀小挑戰

挑戰一

再次，堅持是成功的基石。《荀子·勸學》說：「鍥而捨之，朽木不折；鍥而不捨，金石可鏤。」荀子這句話指如果一個人輕易就放棄，那麼即使要雕刻的是腐朽的木頭，也無法雕成；如果堅持不放棄，即使要雕刻的是金屬或石頭，最終也能鏤刻成功。在奧運期間，張家朗代表香港參加劍擊比賽。他在比賽中落後對手幾分時，沒有想過放棄，他相信自己能堅持下去，而且積極想辦法專注於比賽，希望能儘快走出困境，拉近比分，甚至反敗為勝。最後，他不但勝出比賽，還為香港帶來首面劍擊奧運金牌。可見，只要堅持不懈，我們離成功又更進一步了。

問：試找出本段的論點。

論點：＿＿＿＿＿＿＿＿＿＿

問：作者如何論證自己的論點？試舉出兩種，然後加以說明。

(1) 論證方法：＿＿＿＿＿＿＿＿＿＿

說明：＿＿＿＿＿＿＿＿＿＿

(2) 論證方法：＿＿＿＿＿＿＿＿＿＿

說明：＿＿＿＿＿＿＿＿＿＿

挑戰二

有些人認為禮貌只是表面的儀式，是虛偽的面具，鼓吹人以不真誠的態度交往，因此覺得禮貌不值得提倡。這是一種誤解，禮貌本身是指待人恭敬的態度，也是在日常生中不可缺少的社交禮儀，而不是一種虛假的表面功夫。禮貌對於人與人之間的交往，以及與人合作，都是不可或缺的。在人際交往方面，如果我們以禮待人，就能給人留下好印象。在與人合作方面，如果人與人之間都以禮相待，就能減少矛盾衝突，使關係和諧，合作順利，促進合作的成果。

(1) 本段中，作者不同意哪一種觀點？

____

____

(2) 作者所持的理由：______________________________

____

(3) 本文主要運用哪種策略？（　　）

A. 駁斥論點　　B. 駁斥論據

機會是留給有準備的人

1. 有些人認為自己百無一成，是因為還未遇到黃金時機，但是當機會來臨時，他們一定能夠把握機會，取得成功嗎？我認為「機會是留給有準備的人」。

2. 首先，有準備才能把握機會好好發揮。有準備的人，是指平日用功學習知識，培養技能或修養德行的人，他們努力裝備自己，一旦遇到機會，自然水到渠成，把自己的實力充分發揮，創造成就。所謂「養兵千日，用兵一時」，將軍平時訓練軍隊，才能在關鍵時刻用兵打仗。同理，我們平時積存力量，在需要時就能應用出來。就以運動員的訓練為例，平日積極訓練，才能在比賽中發光發熱，取得佳績；相反，若平日疏於練習，或馬虎了事，即使比賽的對手實力不強，也不見得可以勝券在握。由此可見，平日就努力不懈，努力裝備自己，在機會降臨時就能好好把握，不會讓機會白白溜走。

3. 其次，有準備的人不但能把握機會，甚至能夠創造機會。有人認為即使有實力，但等不來機會，也一樣不能成功。這種想法無疑是自我設限，很多成功人士都不會守株待兔等待別人的垂青或靜候機會的來臨，而是主動出擊，把握時機，創造機會。著名的物理學家高錕預見到全球對遠端通訊的殷切需求，當時依靠海底電纜的通訊系統遠遠追不上這種熾熱的需求，於是和實驗室的夥伴廢寢忘食地研究，發現了玻璃纖維的特性，加以創造改良，終於成功發明了光纖通訊系統，為全球帶來劃時代的變化。假若高錕一直只等候實驗室的指令進行研究工作，沒有任何創新的想法，也許到現在光纖年代還未來臨。由此可見，機會是留給有充份準備而且高瞻遠矚的人。

4. 總括而言，我們生活在瞬息萬變、機會處處的世界，只要培養實力、開拓眼界識見，做好準備，就能把握機遇，創出輝煌的成就，也為社會作出貢獻。

1. 從文中找出適當的詞語填在橫線上，使句子的意思完整。

在＿＿＿＿＿＿＿＿的社會，我們要不斷留意時事發展，吸取新知，充實自己，才不會和社會脫節。

2. 文中哪一個四字詞語形容條件完備則自然成功。

3. 第 1 段採用了哪一種開頭的方式？

◯ A. 開門見山　◯ B. 運用設問

◯ C. 以時事引入　◯ D. 以生活現象引入

4. 根據文章內容，在橫線上填上正確的答案。

中心論點：(1) ________________________

分論點：

(2) ________________________

論據：

(3)「養兵千日，用兵一時」，將軍 ____________，才能 ____________。

(4) 運動員 ____________，才能在比賽上取得佳績；相反，____________，即使對手實力不強，也不一定能取勝。

(5) 論證方法：

◯ 引用　◯ 比喻

◯ 類比　◯ 對比

分論點：

(6) ________________________

論據：

(7) 著名物理學家高錕預見到世界對通訊的需求，創造 ____________，為全球帶來 ____________。

(8) 論證方法：

◯ 舉例　◯ 比喻

◯ 對比　◯ 正反

5. 第 3 段作者反駁了人們哪一種看法？如何反駁？

____

____

____

6. 文章的最後一段有什麼作用？

① 駁斥觀點
② 重申論點
③ 提出期望
④ 引發讀者思考

◯ A. ①③
◯ B. ②③
◯ C. ③④
◯ D. ②③④

7. 你認同作者說機會是留給有準備的人嗎？為什麼？試結合生活經驗加以說明。

____

____

____

____

____

抒情文

你們今天早不出去玩嗎？竟然留在家裏乖乖地看書？

外面下着大雨，我們不能出去打球，只好留在家裏。唉！我不喜歡下雨，灰濛濛的雨天給人悲傷的感覺，容易令人產生失落的心情，還是藍天白雲討人喜愛，令人感到心情開朗。

我卻不這樣想，有晴天就有雨天，雨天過後總會轉晴，我才不感到悲傷，反而覺得充滿希望。

我也喜愛雨天！

噢，你喜愛雨天，難道是因為雨後會出現美麗的彩虹？

我喜愛雨天，是因為它把小朋友留在家中好好地讀書，為我達成使命！哈哈！

我們剛剛對雨天表達了自己的感受，不如一起來認識一下**抒情文**吧！

認識抒情文

什麼是抒情文？

抒情文是以表達個人內心不同情感為主要內容的文體，作者因對一件事、一件物、或一處景有所感觸而作文，抒發情感。

一起來看看抒情文的必備知識點。

一、抒情手法

按情感表達，可分為直接抒情和間接抒情。

1 直接抒情

直接抒情就是直接表達自己的思想感情，包括喜悅、擔心、悲傷、後悔、憤怒等。作者直率地抒發情感，讓讀者能直接體會到作者的心情和感受。

直接抒情時，通常會運用與感覺相關的詞語，如「感到」、「覺得」、「真是」等，以及富有強烈感情色彩的詞語，例如直接說出「在海灘玩了一天，真愉快！」、「他常常作弄別人，讓人十分討厭。」、「對於自己的行為，我感到後悔。」等。

直接抒情時，作者常會運用歎詞。歎詞是表示愉快、生氣、驚訝等不同情感的詞語，如「咦」、「哈」、「哼」等，多在句子開首出現。

示例

「哎呀！他今天不能來，真掃興！」

❷ 間接抒情

間接抒情指不直接地表達感情，把感情寄託在事情、景物或物件之中，可分為以下三種：

抒情手法	借事抒情
特點	藉着記述事件來表達感情。作者可記述一件或多件具體的事件，抒發內心的感受。文章中，借事和抒情兩部分不能割裂開來，感情往往滲在敍事中。感情隨事件自然流露，真摯的感受使讀者容易有代入感，感同身受。
例子	透過記述作者在火車上得到陌生人幫助一事（事），感激助人者的古道熱腸，並讚揚人們熱心助人的精神（情）。
抒情手法	借物抒情
特點	借物抒情是指通過描寫物件的特點或記述與物件有關的事件，來表達自己的思想感情。通過描寫物件含蓄地抒發感情，可使文章富有韻味。
例子	通過描述蓮花的外形和生長習性（物），頌揚蓮花是正直的象徵，抒發自己成為正人君子的渴望。(情)
抒情手法	借景抒情
特點	作者把個人的感情投放在眼前的景物中，藉着描寫景物來抒發情感，把情感寄託在景物中。讓讀者能品味作者的心情和感受。
例子	描寫大雨過後， 天空出現彩虹（景），抒發「我」在失意後心情由鬱悶變為重拾希望。（情）

總結成表格給你們參考吧！

閱讀策略

一、找出主要的情感和主題

❶ 抒情文的情感

作者寫抒情文時，通常會有一種或更多感情要表達，因此閱讀抒情文時，要嘗試把作者的主要情感找出來，然後用合適的詞語來概括。

常見的情感包括：擔心、驚恐、感動、醒悟、體會、安慰、內疚、後悔、喜悅、欣賞、珍愛、敬佩、失望、離別不依等。

❷ 抒情文的主題

抒情文也有不同的主題，按主題可分為：親情、友情、師恩、對寵物之情、懷舊等。

二、運用呼告直接抒情

作者抒情時，常會運用呼告手法幫助表達情感。呼告是指在文中和某個人展開對話，彷彿對方就在眼前，直接傾訴。這種手法能讓抒發的情感更深厚及感人，有助增強感染力。

示例

老師啊！你的恩情我怎能忘記呢？

三、從情節中掌握人物的感情

閱讀抒情文時，我們可以仔細地分析情節，掌握人物的感情。

❶ 可嘗試代入作者或角色的身分，設身處地感受角色所感。

示例

畢業在即，一心想起要和相識六年的老師、同學分別，感到依依不捨。

❷ 我們可以透過上文下理，結合人物性格或心理狀況了解人物的感受。

示例

一心一向活潑好動，可是因為打籃球弄傷腳而住院。她躺在病牀上，想起家人、老師、同學和籃球隊的隊友，愁眉不展。

四、以物喻人表達情感

在借物抒情的文章裏，作者往往因事物的特點得到啟示，有所感悟。例如：

事物	特點	啟示 / 感悟
小草	看似柔弱，卻以頑強的生命力面對狂風暴雪，	提醒我們不要小看自己。
雨傘	為人遮風擋雨。	努力保護他人，如父母般關愛子女教人感動。

五、隨景聯想表達情感

作者面對景物，往往有不同的聯想而產生不同的感情。閱讀時可代入作者的聯想，分析文章所抒發的感情。

示例

日出東方使人聯想起年少青春的時光，令人產生積極向上、樂觀、喜悅等情感；日落西山使人聯想起年華老去，光陰流逝，令人產生消極、悲觀、悲傷等情感。

六、眼前景物勾起回憶

作者處身某些場景中，會回想以往的經歷。閱讀時，可沿着作者所作的回憶，體會他的感受。

示例

身處舊式菜市場中，想起年幼時與外婆到市場買菜的情境，抒發對外婆的懷念。

七、以景喻人表達情感

在借景抒情的文章裏，作者常借助比喻來表達感情。比喻可分為明喻、暗喻和借喻。

1 明喻

明喻是指運用「像」、「如」、「一般」、「似的」等喻詞連結本體和喻體，構成比喻句。

示例

微風像媽媽溫柔的手，憐惜地擦拭我臉上的淚水。

❷ 暗喻

暗喻是指運用「是」、「成為」、「成了」、「變成」等代替喻詞把本體比喻成喻體。

示例

海浪成了我心靈的揚聲器，盡情訴說我內心的激動。

❸ 借喻

借喻是用喻體直接替代本體，借喻句中不會出現本體和喻詞。

示例

我心中的小船在大海中前進，乘風破浪，似乎要飄洋過海，尋找遠方的爸爸。

八、情感表達不拘一格

不同的作者會展現不同的抒情風格，有的澎湃激昂，有的含蓄溫和，有的輕快歡愉、有的低沉凝重，有的平和紓緩。閱讀時如能細心分辨，定能對掌握文章主旨大有幫助。

答題技巧

❶ 代入人物處境了解情感

閱讀嘗試代入角色的身分，設身處地構想所面對的事情、景物等，感受角色所感。

我獨自坐在操場的一角，籃球架靜靜地站着，繪上校園生活壁畫的牆壁在陽光下閃閃發亮，顯得格外突出。眼前的景物依舊，使我不禁想起昔日和同窗一起打籃球，談談笑笑的時光，如今卻快要各散東西，唉！在陽光的照射下，籃球架的影子投射在球場上，拉得好長好長，像伸出手臂拍我的肩膀，安慰我「天下無不散之筵席」。

「我」抒發了怎樣的情感？

◯ A. 為球賽失利失落
◯ B. 為離別傷感
◯ C. 為景物變遷難過
◯ D. 為孤單一人而難過

文中「各散東西」、「天下無不散之筵席」可知作者的處境是面對別離，又運用「唉！」直接抒發傷感的心情，因此答案是 B。

❷ 留意景物的感情色彩

閱讀時，留意作者描繪景色時運用的詞語，然後把描述的感情色彩歸納起來。

這場地震破壞力驚人，所到之處，樓房、汽車、火車站，甚至一整幢校舍，瞬間被吞噬，所有建築盪然無存，留下一大堆頹垣敗瓦。村民勤懇辛勞用了幾十年的時間建立這個社區，可是不到幾十秒，這裏就被摧毀得體無完膚。人們流離失所，滿目瘡痍的情景至今歷歷在目。難道大自然覺得我們不夠愛惜這片土地，要向我們開這麼大的玩笑？

作者在用詞上如何突顯這場地震破壞力驚人？

從段落中擷取形容這場災情的詞語，如驚人、吞噬、盪然無存、頹垣敗瓦。然後整理成答案。

③ 對比人物心理狀況

回答關於人物情感的比較題時，留意作者對不同人物或同一人物前後反應的刻畫，按題目要求加以比較。

趁着暑假，我帶着孩子回老家探望媽媽，她從廚房端出削好皮、切成丁的蘋果給我們吃。看到雪白的蘋果，我不禁想起童年的一件往事。記得有一次，媽媽把一碟切好的蘋果給我吃，我嫌棄媽媽把蘋果皮削得不夠乾淨，還生氣得把果肉全吐出來，白白浪費了她的心思。那時的我真是太任性了！現在想起來，耳根還不禁紅起來。

作者想起童年的一件往事，對於那件事，童年和現在的她有什麼不同的感受？

按照題目的要求，擷取童年和現在作者對事情的不同反應，童年作者十分任性，現在她懂事了。

❹ 從寫景的修辭運用中掌握感情

在借景抒情的文章裏，作者常會利用修辭手法來表達情感。閱讀時應加以留意，並仔細分析。

秋風起了，大街比平日冷清得多，只有幾棵零落的梧桐樹在風中瑟瑟發抖。走到公園的盡頭，迎面而來的是如火如荼的楓樹，火紅的葉子向我招手，溫暖了整片大地，把剛才的蕭瑟落索驅走了，我的心也被它的熱情燃亮了！

「迎面而來的是如火如荼的楓樹，火紅的葉子向我招手」中，運用了哪些修辭手法？

① 對偶　② 對比
③ 擬人　④ 比喻

◯ A. ①②　◯ B. ①③
◯ C. ②③　◯ D. ③④

「如火如荼」指像火那樣紅、像荼那樣白，比喻事物的興盛或氣氛的熱烈。

「招手」是人的動作，句子屬擬人手法，因此答案是比喻和擬人。

⑤ 找出物與情的聯繫

在借物抒情的文章裏，作者借物件的特點或記述與物件有關的事件來表達自己的思想感情。閱讀時要把事物的特點和人的情感加以聯繫。

這支鋼筆的筆桿上刻着秀麗的楷書「百尺竿頭，更進一步」。我把筆珍而重之地放在抽屜中，平日捨不得隨便拿來用，只在寫賀卡時才拿出來。每當我握着這支鋼筆時，我腦海裏就會浮現爺爺的叮嚀「用筆在心，心正則筆正，要想寫好字，須要端身正意。」，我馬上端正好坐姿，一筆一筆地把字寫好。

物件代表了爺爺怎樣的心意？又代表作者怎樣的感情？

作答前一部分時，留意「百尺竿頭，更進一步」是爺爺的祝福，爺爺的叮嚀是他對作者的期望。作答後一部分時，從作者握筆時馬上坐好，可見他一看到筆就想到爺爺的期望和祝福，不敢辜負爺爺的心思；作者把筆珍藏起來，不隨便使用，可知他對筆的珍惜。

⑥ 找出物與品格的聯繫

在借物抒情的文章裏，作者往往從事物的特點中得到啟示，或把物件的特點和人的品格連繫起來，閱讀時細心留意。

竹子總是筆直的豎立在園子裏，哪怕狂風暴雨來襲，它還是會不偏不倚地告訴世人要做個正直無私的人。竹子的根牢固地抓着泥土，哪怕暴雪連夜一再侵擾，也從不動搖，告訴世人要有堅定不移的品格，即使遇到困難挫折，也不要動搖自己的信念。竹子的心空，古人用它作水管來接水，它以自身的作用告訴我，它不是頭腦空空，而是虛心接受道理。竹子沒有發表長篇大論，卻用它的身教引導我成為一個君子，謝謝你啊竹子！

竹子的特點代表了君子怎樣的人格特質？請填寫下表。

竹子的特點	君子品格特質
筆直的豎立在園子裏	

作者把竹子的特點和君子的品格連繫起來，作答時，留意作者在寫竹子的特點後，會表達自己得到的啟發，明白要做正直無私的人。

閱讀小挑戰

狹小的劏房裏，有個小女孩坐在牀上做功課，看到我們來探訪，就有禮地和我們打招呼，然後坐在媽媽身旁和我們交談。牆上貼了她的畫作，有一幅是一家人快樂地遊公園，有一幅畫上她想長大後成為醫生的願望，展現了她對未來的憧憬。然而讓我對她印象深刻的不是她有禮的態度或她的願望，而是她樂觀面對生活。雖然家境清寒，居住環境不理想，然而她沒有埋怨自己的父母，甚至處處對父母表達感謝。我問她在狹窄的上格牀上做功課會不會感到辛苦，她竟笑笑說：「不辛苦啊，爸媽工作更辛苦！」

這番話出自一名八歲的小孩的口中，這分體諒實在令人感動，也使我萬分羞愧。這個小女孩經歷了艱苦生活的磨練，思想遠比我們這些「溫室長大的孩子」成熟。當我們還在和父母撒嬌拿零用錢的時候，她早已努力面對困難，積極向上，為父母分憂。

(1) 這篇短文主要運用了哪一種抒情手法？

________________抒情

(2) 作者藉記述探訪的經歷，抒發了什麼情感？

____

一雙跑鞋

1.　「明希，你的跑鞋太舊了，快丟掉吧，我明天給你買雙新的。」媽媽說。我拿着那對變得殘舊、變得灰灰黃黃的白色球鞋，它印證着我這一年來，成長的每一段路程，它跟着我跑過很多的路，不論是開心或失落，我怎捨得把它丟棄？

2.　去年，為了鼓勵我參加跑步訓練，媽媽送了這雙跑鞋給我。記得當時媽媽帶我到運動用品店，仔細地向店員查詢各種跑鞋的特點，然後讓我挑選喜愛的顏色，最後我選了簡潔的白色，捧着新鞋子，雀躍地離開店鋪。平日媽媽捨不得給自己買新衣服，卻願意給我買這雙一點不便宜的新跑鞋，使我內心感動不已。

3.　有了這雙新跑鞋後，我積極地投入訓練，每次都準時到達運動場，而且專注聆聽教練的講解。跑鞋的

材質很好，穿上不但舒適，而且妥貼地保護腳部，使我的訓練更順利，真是我的好伙伴。每次訓練完畢，我會把它脫下，珍而重之地放進鞋袋，換上其他的鞋子才回家。

4. 要提升水平，我必須努力不懈地鍛練，一圈又一圈地跑，這雙跑鞋總會默默地陪伴我。累了，我坐在地上稍作休息，看着這雙鞋，就想起媽媽對我無微不至的關懷和無怨無悔的支持，像柔和的春風吹拂着我，我馬上抹抹汗，又繼續努力地練跑。

5. 從春天到夏天，從夏天到秋天，全港分齡長跑比賽的日子到了，跑鞋繼續盡忠職守地伴我走過備戰、初賽，推動我闖過一關又一關，昂然跑進了決賽。決賽的日子，媽媽專程來觀賽，和顏悅色地叮囑我：「明希，盡力而為，享受比賽的過程，不必計較得失。」我銘記於心。

6. 槍聲一響，我和跑鞋一起前進，心無旁騖地朝着目標邁進。衝線了！我以第三的成績衝過終點，領取獎牌的一刻，我喜悅地望向媽媽……

7. 如今這雙白色球鞋變得破舊了，鞋底磨蝕了，我的腳也長大了，鞋子變得有點緊，似乎是時候退役，然而，我沒想過丟掉它，只打算把它洗淨，然後好好收藏，它不但陪我在跑道上出生入死，還象徵了媽媽對我無限的關懷和支持，鞋子啊，你叫我怎捨得把你丟棄！

1. 從文中找出適當的詞語填在橫線上，使句子的意思完整。

回想起小時候學功夫時，師母總是__________地鼓勵我們努力鍛練，從來沒有聲色俱厲地訓過我們。

2. 文中哪一個四字詞語形容專心致志，沒有雜念的樣子？

3. 第 2 段描述買鞋的情景，作者當時有哪些感受？

____

____

4. 在訓練期間，作者對跑鞋愛惜嗎？何以見得？

____

____

5. 作者如何借物抒情？

跑鞋的特點	跑鞋對作者的意義	作者抒發的情感
母親送給作者的禮物。 (1)質材________，而且________	(2)這雙跑鞋是作者的________，________陪伴作者鍛練。	(3)感謝________，________ (4)感謝________________。

文言文

好，今天和你們玩猜謎遊戲吧！

好啊，我最愛動腦筋。

好，聽聽以下的句子：「鋤禾日當午，汗滴禾下土。誰知盤中飧，粒粒皆辛苦？」猜一種職業。

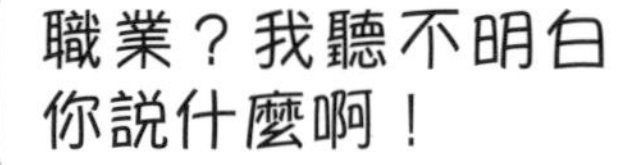

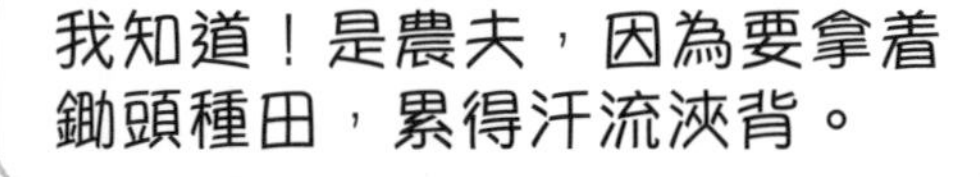

哥哥答對了！我再讀另一題，請聽聽以下的句子：「不論平地與山尖，無限風光盡被占。採得百花成蜜後，為誰辛苦為誰甜！」猜一種昆蟲。

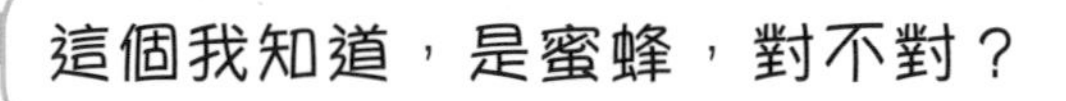

剛才我們用古代的詩句來玩猜謎遊戲，這些詩句都是用文言寫成的，讓我們一起來認識

認識文言文

什麼是文言文？

文言文就是古代的書面語。隨着時間發展，古文和現代的書面語有一些不同，我們在閱讀前，要了解一下文言文的基本特點。

一、文言文詞匯的特點

特點	説明 / 例子
多單音詞	單音節詞指只有一個音組成的詞，一般只有一個字；而雙音節詞則是有兩個音組成的二字組合。文言文多用單音節詞表意。 例：由儉入奢易，由奢入儉難。《勉諭兒輩》 儉：節儉。入：轉入。奢：奢侈。
一詞多義	文言文的詞語常常帶有多項意義。以「之」為例： (1) 第三人稱代詞，他。 例：今子欺之《曾子殺豬》（現在你欺騙他 。） (2) 助詞：的 。 例：楊子之鄰人亡羊。《列子．歧路亡羊》（楊子的鄰居丟失了羊。） (3) 動詞：去。 例：「吾欲之南海。」《為學》（我想到南海去。）

特點	說明 / 例子
古今異義	隨着語言演變，有些詞語的意義和用法，在古代和現代是不同的。 例：四時之景，無不可愛。《豐樂亭記》 （四季的景色全都值得人喜歡。） 「可愛」的古義是形容人或事物值得喜歡；而今義則是形容人討人喜愛。
通假字	「通假」就是「通用、假借」，即用讀音相同或相近的字代替本字。 例：女還，顧反為女殺彘。」《曾子殺豬》（你先回家，等我回來殺頭豬給你吃。） 「女」字通「汝」字，意思是「你」。 「反」字通「返」字，詞義是「返回」

二、常用的人稱代詞

文言文裏的人稱代詞數量豐富，以下是一些常見例子：

人稱代詞	文言	白話文
第一人稱	我、吾、予、余	我、我們 我的、我們的
第二人稱	女、汝、爾、若、子、乃、而	你、你們 你的、你們的
第三人稱	彼、之、其	他、她、牠、它 他們、她們、牠們、它們 他的、她的、牠的、它的 他們的、她們的、牠們的、它們的

三、常用的否定詞

文言文中常用的否定詞包括「不」、「弗」、「毋」、「勿」、「未」、「否」、「非」、「無」和「莫」等。

示例

常將有日思無日，莫等無時思有時。《勉諭兒輩》

語譯：經常在有好東西吃的時候想着吃不上飯的時候，不要等到沒有東西吃的時候來想有好東西吃的時候。

四、常用的疑問詞

文言疑問句，一般都有疑問詞。常用的疑問詞包括：

何	相當於「什麼」、「為什麼」、「怎樣」
安	相當於「怎麼」、「哪裏」
焉	相當於「怎麼」
豈、其	相當於「難道」

示例

例1：豈能無怪哉？《楊布打狗》

語譯：難道你能不感到奇怪嗎？

例2：爾有何功居我上？《口鼻眼眉爭辯》

語譯：你有什麼功勞可以位處我的上端？

五、常用的語氣詞

文言文裏的語氣詞數量豐富，以下是一些常用的：

矣	用於句末，表示肯定、感歎或請求語氣，可譯作「了」、「啊」。
焉	用於句末，相當於「啊」、「呢」。
耳	「而已」的合音，相當於「罷了」。

六、古代文學及文章體裁

古代的文學體裁廣泛，包括詩歌、散文、小說、寓言等，而按文章體裁，也可以分為記敍、描寫、抒情、說明和議論等。

以詩歌為例，古體詩盛行於漢代，詩的句數不限，字數也沒有限制，如古詩、樂府詩等。近體詩盛行於唐代，分為絕句和律詩：

體裁／格律		句數	字數	對偶	押韻
近體詩	絕句	四句	五言：每句五個字，全首共 20 字。 七言：每句七個字，全首共 28 字。	沒有限制	雙數句（第二、四句）押韻，首句可押可不押。
	律詩	八句	五言：每句五個字，全首共 40 字。 七言：每句七個字，全首共 56 字。	第三句和第四句、第五句和第六句必須要對偶。	雙數句（第二、四、六、八句）押韻，首句可押可不押。

閱讀策略

一、借助注釋理解字詞

有些文言篇章附有注釋，解釋文中字詞的意思、讀音等，閱讀時借助注釋，有助理解篇章內容。

示例

蜀[①]之鄙[②]有二僧：其一貧，其一富。《為學》

注釋：① 蜀：四川。 ② 鄙：邊境。

從注釋可理解「蜀」和「鄙」的意思。

二、利用「擴詞法」推測詞義

把文言單音節詞擴展為雙音節詞，並根據上下文選擇適當的配詞，更容易理解。

示例

孟子少時誦，其母方織。《孟母戒子》

「誦」擴展為「誦讀」；「織」擴展為「織布」。由此得出全句意思為「孟子小時候有一次誦讀書本時，他的母親正在織布。」

三、補充句中的省略成分

文言文常有省略的情況。理解文言文時，要根據文意，補回這些被省略的內容，使句子意思完整，句意更通順。

示例

陳太丘與友期行，期日中，（朋友）過中不至，太丘捨（朋友）去。

《陳太丘與友期行》

括號所示的是句中省略了的主語、賓語，全句意思是「陳太丘和朋友相約同行，約定的時間在中午，過了中午朋友還沒有到，陳太丘不再等候他而離開了。」

四、替換成現今用法的詞語

閱讀時可將文言字詞替換成現今用法的詞語。例如人稱代詞又如語氣助詞等。

示例

予助苗長矣！《揠苗助長》

「矣」的意思相當於「了」，理解時我們可用「了」替代「矣」，全句意思是「我幫助禾苗長高了」。

隨着語言演變，有些詞語的意義和用法已有了轉變，閱讀文言文時要注意古代和現代用法不同的詞語。

示例

嬰兒非與戲也 。《曾子殺豬》

這裏的嬰兒指「小孩」，與現代的意義「嬰孩」有所不同，全句意思是「不能跟小孩子開這種玩笑。」

❶ 利用「擴詞法」解釋詞義

把文言單音節詞擴寫成雙音節詞，並根據上下文選擇適當的配詞，有助解釋詞義。

《論語・述而》

三人行，必有我師焉。擇其善者而從之，其不善者而改之。

為何孔子認為「三人行，必有我師焉」？

要解答「為何」，可以從孔子的話中找到答案。我們可以利用「擴詞法」，把「擇」擴寫成「選擇」，把「從」擴寫成「跟從」，孔子認為我們從他人身上總能學到東西。

② 運用人稱代詞弄通意思

把文言文中的人稱代詞替換成現代漢語的人稱代詞，幫助理解文意，準確回應題目。

《鷸蚌相爭》戰國策

蚌方出曝[①]，而鷸[②]啄其肉。蚌合而拑其喙[③]。鷸曰：「今日不雨，明日不雨，即有死蚌。」蚌亦謂鷸曰：「今日不出，明日不出，即有死鷸。」兩者不肯相舍[④]，漁者得而并擒之。

注釋 ①曝：曬太陽
②鷸：水鳥，以捕食昆蟲、水生動物為生
③喙：嘴
④舍：放棄

河蚌正從水裏出來曬太陽時，發生了什麼事？

回答第一題時，要留意「而鷸啄其肉。蚌合而拑其喙。」一句的人稱代詞，第一個「其」指代「河蚌」，第二個「其」指代「鷸」，由此得知鷸啄河蚌的肉，河蚌馬上閉攏，夾住了鷸的嘴。

③ 補全省略成分了解句義

補充文言句子中省略了的成分，如主語、賓語等，使句子意思完整，有助正確理解內容。

《鐵杵磨針》陳仁錫

李白讀書未成，棄去。道逢老嫗磨杵，白問故，曰：「欲作針。」白笑其拙，老婦曰：「功到自然成耳。」白大為感動，遂還讀卒業。卒成名士。

以下哪一項不符合李白和老婆婆對話的內容？

- ◯ A. 他好奇地問老婆婆在幹什麼。
- ◯ B. 李白嘲笑老婆婆愚笨。
- ◯ C. 李白告訴老婆婆要把鐵棒磨成一根針。
- ◯ D. 老婆婆指出只要下了功夫，自然就會成功。

答題時，仔細閱讀李白和老婆婆對話的內容，並留意省略了的成分，加以補充，以便正確理解內容。

文中「白問故，曰：『欲作針。』」省略了主語，補充成「白問故，（老婆婆）曰：『欲作針。』」就會明白老婆婆告訴李白要把鐵棒磨成一根針，因此選項 C 不符合李白和老婆婆對話的內容。

④ 調整詞語次序掌握句意

某些文言句子的語序跟現今的句子用法有分別，這時候要嘗試調動字詞的位置，重組句子。

《二子學弈》孟子

弈秋，通國之善弈者也。使弈秋誨二人弈，其一人專心致志，惟弈秋之為聽。一人雖聽之，一心以為有鴻鵠①將至，思援弓繳而射之，雖與之俱學，弗若之矣。為②是其智弗若與？曰：「非然也。」

注釋　①鵠：天鵝
　　　②為：謂

弈秋的兩個學生表現有什麼不同？結果如何？

「惟弈秋之為聽」意思是「只聽弈秋的話」。「惟……之為聽」相當於「只聽……」，這是古代漢語強調賓語時所用的一種句式。閱讀時，把語序按現今的用法調整一下，就能充足理解句意。

⑤ 熟記虛詞掌握語氣

文言中的虛詞常常和某種語氣連繫，閱讀時可視這些虛詞為語氣的標記，有助掌握句意和作者的思想感情。

《熟讀精思》（節錄）朱熹

余嘗①謂，讀書有三到，謂心到、眼到、口到。心不在此，則眼不看仔細，心眼既不專一，卻只漫浪②誦讀，決不能記，記亦不能久也。三到之中，心到最急③。心既到矣，眼口豈不到乎？

注釋 ①嘗：曾經
②漫浪：隨便散漫
③急：急切需要

「心既到矣，眼口豈不到乎？」運用了什麼修辭手法？達致怎樣的作用？

留意句中「豈……嗎？」是「難道……嗎？」意思，表達反問語氣，作者藉此強調三到之中，心到的重要，因為心到的話，一定已能做到眼到和口到。

⑥ 留意抒情語句找出情感

古詩中，作者常會在寫景後抒發情感。欣賞詩歌時，要留意抒情語句的內容，找出作者表達的情感。

《黃鶴樓》(唐)崔顥

昔人已乘黃鶴去，
此地空餘黃鶴樓。
黃鶴一去不復返，
白雲千載空悠悠！
晴川歷歷漢陽樹，
芳草萋萋鸚鵡洲。
日暮[①]鄉關[②]何處是？
煙波江上[③]使人愁！

注釋 ①日暮：日落
②鄉關：家鄉
③煙波江上：倒裝語，即「江上煙波」，指江面上煙霧籠罩

詩句最後的「煙波江上使人愁」，詩人為了什麼發愁？試從文句推斷。

從前一句「日暮鄉關何處是？」可知作者在傍晚時分，想遠望家鄉，但卻不知何處是歸處。後一句「煙波江上使人愁」他看見江上煙波茫茫，增添了無限愁緒。從上文下理推斷，可見他深深流露了思念故鄉的愁緒。

❼ 運用關鍵詞句掌握主題

閱讀時可留意與作者的思想感情有關的關鍵詞和關鍵句，有助掌握主題思想。

《長歌行》佚名（漢樂府）

青青園中葵[1]，朝露待日晞[2]。
陽春布德澤，萬物生光輝。
常恐秋節至，焜黃華葉衰。
百川東到海，何時復西歸。
少壯不努力，老大徒傷悲！

注釋 ①葵：蔬菜名
②晞：天亮

試找出這首詩的主題思想。

作答時要擷取代表作者思想感情的關鍵詞句，以本詩為例，代表作者思想感情的關鍵句是「少壯不努力，老大徒傷悲！」作者勸勉人們一定要珍惜大好青春和有限的生命，努力向上，實現自己的理想，免得到紀老邁時，要為自己虛度年華，一事無成而後悔。

閱讀小挑戰

挑戰一

《登鸛鵲樓》（唐）王之渙

白日依山盡，黃河入海流。
欲窮千里目，更上一層樓。

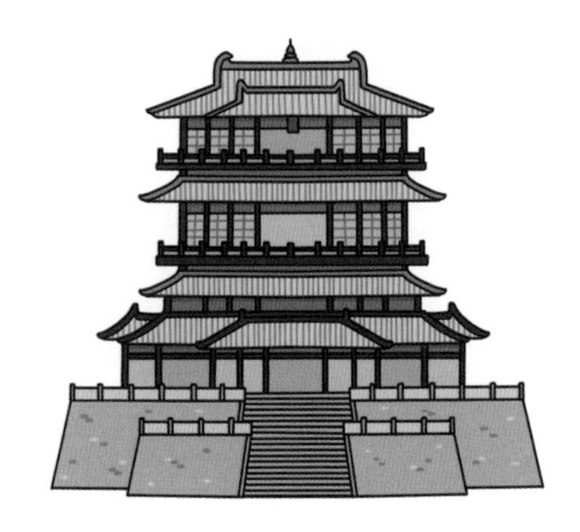

1. 黃河入海流是的倒裝句，試把它改成合適的語序。

   黃河入海流是「＿＿＿＿＿＿＿＿＿＿」的倒裝

2. 這首詩描寫詩人登上鸛鵲樓所見的壯麗景色，抒發了怎樣的情懷？

   抒發了詩人＿＿＿＿＿＿＿＿＿＿的情懷。

挑戰二

《愚人食鹽》百喻經

昔有愚人，至於他家。主人與食，嫌淡無味。主人聞已，更①為益鹽。既得鹽美，便自念言：「所以美者，緣②有鹽故。少有尚爾，況覆多也？」愚人無智，便空③食鹽。食已口爽④，返為其患。

注釋 ①更：改變 ②緣：因為
③空：空口 ④口爽：口味敗壞

1. 作者認為愚人無智，愚人做了什麼愚事？

____

2. 這則短文説明了怎樣的道理？

① 做事要親力親為。
② 做事的方法不能隨便變更。
③ 做事要把握合適的尺度。
④ 認識事理不能一知半解。

◯ A. ①②　　◯ C. ②③
◯ B. ①③　　◯ D. ③④

實戰演練

(一)《回鄉偶書》

(唐) 賀知章

少小離家老大回[1]，
鄉音無改鬢毛衰[2]。
兒童相見不相識，
笑問客從何處來？

注釋　①老大回：賀知章回鄉時已年逾八十　②衰：稀疏

1. 這首詩的體裁是？

____

2. 賀知章是什麼時候離開家鄉的？又在什麼時候回鄉？

____

3. 回鄉時，他的樣貌有什麼改變？

____

4. 作者流露了怎樣的情感？

____

(二)《世說新語》(節錄)

劉義慶

王戎[①]七歲，嘗與諸小兒遊。看道邊李樹多子折枝[②]，諸兒競走[③]取之，唯戎不動。人問之，答曰：「樹在道旁而多子，此必苦李。」取之信然[④]。

注釋 ①王戎：晉朝人，竹林七賢之一 ②折枝：壓彎了樹枝
③競走：爭相奔跑 ④信然：確實如此

1. 試解釋以下詞語。

嘗：________________；諸：________________

2. 為什麼李樹的樹枝被壓彎了？

____

3. 小朋友和王戎看到李子後有什麼不同的反應？

	小朋友的反應	王戎的反應
看到李子後	(1)________________	(2)________________

4. 為什麼王戎有這樣的反應？他是一個怎樣的人？

____

我的朋友

1.　這個星期天下午，我們共聚一堂，在妙妙的家中一邊品嘗美食，一邊談天說地，然而我卻百感交集起來。

2.　妙妙的父親是個廚師，由於卡塔爾首都多哈的一家酒店聘請他擔任主廚，因此暑假後他們一家會移民。在妙妙離港前夕，她邀請我們幾個同學到她家聚餐。她的爸媽給我們準備了滿桌豐富的泰國菜，琳瑯滿目，令人食指大動，大家都禁不住大快朵頤。

3.　吃着吃着，我的思緒飄回三年前開學的那一天，班上來了一張陌生的臉，她有一頭清爽的短髮、額前的劉海蓄成一根小辮子，靜靜地坐着，一雙大眼睛好奇地看着周遭的環境。班主任向我們介紹這位插班生——妙妙，她是泰國華僑，剛剛隨父母來港定居。當班主任講解課室規則時，她有點跟不上，我不敢在上課時講話，於是輕輕指着桌上的通告、功課冊來提示她。小息的時候，我們幾個同學爭着做「小導遊」，帶她到處參觀。不久我們就熟絡起來，成為無所不談的好朋友。

4.　「吃點海鮮炒貴刁吧，這可是我媽媽的拿手小菜呢！」妙妙熱情地給我盛了滿滿的一碗。她向來仗義助人，細心體貼。有一次，我在體育課時不小心把束馬尾的橡皮筋拉斷了，披頭散髮，正擔心被老師責罵，她二話不說把額上束着小辮子的橡皮筋扯下遞給我，幫我度過難關。

5. 「哈哈，那是很久以前的事了！」她爽朗地笑。雖然事隔幾年，但這分濃濃的人情味仍在我心坎裏。記得有一天放學前，窗外天色陰暗，狂風暴雨，有的同學擔心地看向窗外，有些同學緊皺着眉頭，老師看見了，說:「你們不要被外面的天氣影響了自己的心情，全班只有妙妙一人仍然保持笑容，專注地上課。」聽到我們說起這件往事，妙妙輕描淡寫地說沒什麼，只是習慣了泰國的天氣，晴朗的天突然會下起一陣驟雨，驟雨過後又陽光普照。

6. 聚會的尾聲，我們交換了禮物，我把自製的筆袋送給她，她送給我們每人一個可愛的泰國娃娃，那娃娃笑容可掬的臉真像妙妙。我們捧着禮物一起合照，燦爛地展露笑容，然而我的眼眶卻不知不覺濕潤起來。

7. 我們緊緊握着對方的手，相約在網上視像通話，「海內存知己，天涯若比鄰。」，我深信只要大家彼此關懷，即使相隔千里，也能心意相通，友誼長存。

1. 從文中找出適當的詞語填在橫線上，使句子的意思完整。

旅行團的領隊冷眉冷眼，對我們不理不睬，導遊卻____________，熱情親切地招待我們，真是天差地別。

2. 文中哪一個四字詞語形容說話時輕輕帶過，不作強調。

3. 第 2 段描述的是？

◯ A. 妙妙離港的原因
◯ B. 妙妙離港的經過
◯ C. 同學聚會的原因
◯ D. 籌辦聚會的經過

4. 第 3 段運用了哪一種記敘手法？____________

5. 第 4 段，作者提及妙妙為她盛了一碗貴刁的事，在內容和文章結構上有什麼作用？

____

____

6. 作者在第 5 段記述了老師的話，運用了哪一種人物描寫手法？達致了什麼作用？

____

____

7. 綜合全文，作者描寫妙妙時運用了哪些手法？

① 外貌描寫　② 語言描寫
③ 動作描寫　④ 心理描寫

◯ A. ①③　◯ B. ②③
◯ C. ①③④　◯ D. ①②③④

8. 作者是一個怎樣的人？試舉出兩項特點，並從文中舉例說明。

____

____

9. 作者在文章開首說自己「百感交集」，她在聚會中有哪些感受？ 試列出兩項，並加以說明。

____

____

10. 最後一段，作者引用「海內存知己，天涯若比鄰。」有什麼寄意？

____

____

記敍文

閱讀小挑戰（P.19-20）

一、C

二、A

實戰演練（P.23-24）

1. 似曾相識
2. 如痴如醉
3. 倒敍法
4. D
5. (1)和長者談天
   (2)問答環節
   (3)表演時間
6. 作者認為小孩子和「老友記」同樣喜愛與人交流，也有好動的一面。
7. (1)那一刻我突然發現，原來「老友記」和我們有一些共通點。
   (2)緊接着是表演時間。
8. 不情不願 、愉悅滿足
9. 通過這次探訪，她對長者有更深的了解，明白到長者的需要和個性，雖然他們未必很有活力，但喜愛與人交流，也有好動的一面。此外，她的溝通能力也得到提升，出發前她不知道可以和長者談什麼，探訪後她學會和長者談天。

描寫文

閱讀小挑戰（P.40-41）

一、B

二、(1)整體
　　(2)局部
　　(3)高大
　　(4)顏色
　　(5)掛在樹上
　　(6)半空飄飛

實戰演練（P.44）

1. 驚心動魄
2. 悠然自得
3. 它不但高聳，而且終年積雪。
4. 第 2 段：仰視
   第 3 段：俯視、仰視
5. (1)圓滾滾的，形狀像個南瓜，配上玻璃窗彷彿是個太空飛行器。
   (2)慢慢地旋轉一周，讓遊客從不同角度欣賞整個鐵力士山的美景。

說明文

閱讀小挑戰（P.58-59）

一、D

二、作者主要運用時間順序，按朝代說明曆書的源流演變，由殷商時期到漢代，再說明唐代及清代的情況。

實戰演練（P.61-62）

1. 衍生

2. 力不從心

3. A

4. 「一人計短，二人計長」在文中的意思：一個人去想辦法，也許沒有成效，兩個人商量就能得到較周全意見，因此小學生應為自己建立支援網絡。

5. (1)師長能提供寶貴的意見，或合適的解決方案，幫助學生減輕壓力。

(2)學生把壓力或難題困在心裏，不但沒法解決問題，甚至衍生情緒的困擾。

議論文

閱讀小挑戰（P.77-78）

一、論點：堅持是成功的基石。

(1)論證方法：引用論證。
說明：引用荀子的話指出如果一個人輕易就捨棄，那麼即使事情多容易也無法成功；如果堅持不放棄，即使困難的事最終也能夠成功。

(2)論證方法：舉例論證。
說明：以張家朗代表香港參加劍擊比賽為例，他在比賽中落後的情況下沒有想過放棄，而是堅持下去，最終反敗為勝，證明堅持不懈令人邁向成功。

二、(1)有人認為禮貌只是表面和虛偽的，鼓吹人以不真誠的態度交往，因此覺得禮貌不值得提倡。

(2)這是一種誤解，禮貌本身是指待人恭敬的態度，也是在日常生中不可缺少的社交禮儀，而不是一種虛假的表面功夫。

(3)B

實戰演練（P.80-82）

1. 瞬息萬變　2. 水到渠成　3.B

4. (1)機會是留給有準備的人

(2)有準備才能把握機會好好發揮

(3)平時訓練軍隊、在關鍵時刻用兵打仗。

(4)平日積極訓練、若疏於練習，或馬虎了事

(5)引用、類比、對比

(6)有準備的人能夠創造機會

(7)光纖通訊系統、劃時代的變化

(8)舉例

5. 作者反駁人們認為即使有實力，但遇不到機會，也不能成功的看法。他以高錕發明光纖的事實為例，說明人不必等待機會，可以創造機會，也會取得成功。

6. B

7. 同意，機會是留給有準備的人。就以每年一度的學校運動會為例，它為同學提供在運動場上競技爭勝的機會，但同學能否取得勝利，取決於平日的鍛鍊，如能準備充足，就大大提高爭標的機會。

抒情文

閱讀小挑戰（P.97）

1. 借事

2. 作者抒發了對小女孩努力生活的佩服，對她小小年紀已體諒父母而深受感動，並為自己的不成熟感到羞愧。

實戰演練（P.100）

1. 和顏悅色

2. 心無旁騖

3. 他捧着新鞋子，雀躍地離開店鋪，並指出平日媽媽捨不得給自己買新衣服，卻願意給他買這雙一點不便宜的新跑鞋，使他內心感動不已。

4. 愛惜，每次訓練完畢，他會把它脫下，珍而重之地放進鞋袋，換上其他的鞋子才回家。

5. (1)舒適、妥貼地保護腳部

(2)好伙伴、默默地

(3)鞋子的陪伴、捨不得丟棄鞋子

(4)媽媽無微不至的關懷和無怨無悔的支持。

文言文

閱讀小挑戰（P.116-117）

一、1. 黃河流入海

2. 奮發向上

二、1. 他空口吃鹽。

2. D

實戰演練

一、1. 七言絕句（P.118-119）

2. 他在年少時離開家鄉，到了八十歲後才回鄉。

3. 鬢角的毛髮已經稀疏了，外貌變得蒼老。

4. 久客異鄉，面對着熟悉而又陌生的環境，抒發了無限感慨。

二、嘗：曾經、諸：許多

2. 因為李樹上的李子太多。

3. (1)爭先恐後地跑去摘

(2)不為所動 / 沒有摘取

4. 他看到這樹長在大路邊上，還有這麼多李子，就推斷李子一定是苦的。他是一個善於思考的人。

綜合練習 (P.121-123)

1. 笑容可掬

2. 輕描淡寫

3. C

4. 插敘法

5. 作者提及這次事，既突出了妙妙仗義助人，細心體貼的個性，也開啟了下文，回憶起妙妙在體育課借橡皮筋給她，幫她度過難關的往事。

6. 作者記述了老師的話，運用了側面描寫 / 人物烘托手法。老師指其他同學都受外面的天氣變化影響，只有妙妙一人仍然保持笑容，專注地上課，由此突顯了妙妙樂觀的個性，不受外界的環境影響心情。

7. C

8. 作者是一個循規蹈矩的學生，她不敢上課時講話，於是輕輕指着桌上的通告、功課冊來提示妙妙。她也是一個重情義的人，她一直沒有忘記妙妙的幫助，又親手製作筆袋給妙妙作為留念。

9. 她在聚會中和同學一起歡聚，大家談天說地，感到十分愉快，也為得到寶貴的友誼感到慶幸。但想到要和妙妙分別，愉快的心情變成了不捨，她的眼眶也濕潤起來。

10. 「海內存知己，天涯若比鄰。」是一句中國古代的詩句，出自唐代詩人王勃的《滕王閣序》。這句話的意思是，即使身處遙遠的地方，真正的知己依然存在心中，彼此之間就像鄰居一樣。她引用這句話，表示她珍惜和妙妙的友誼，而且深信只要大家心裏互相關心，即使相隔兩地，也能心意相通，友誼長存。

新雅中文教室

小學閱讀理解一本通

作　　者：梁美玉

插　　圖：Alice Ma

責任編輯：張斐然

美術設計：徐嘉裕

出　　版：新雅文化事業有限公司

香港英皇道499號北角工業大廈18樓

電話：（852）2138 7998

傳真：（852）2597 4003

網址：http://www.sunya.com.hk

電郵：marketing@sunya.com.hk

發　　行：香港聯合書刊物流有限公司

香港荃灣德士古道220-248號荃灣工業中心16樓

電話：（852）2150 2100

傳真：（852）2407 3062

電郵：info@suplogistics.com.hk

印　　刷：中華商務彩色印刷有限公司

香港新界大埔汀麗路36號

版　　次：二〇二四年三月初版

ISBN : 978-962-08-8334-7

18/F, North Point Industrial Building, 499 King's Road, Hong Kong

Published in Hong Kong SAR, China

Printed in China